チョン・セラン

斎藤真理子 訳

保健室のアン・ウニョン先生

AKISHOBO

This book is published under the support of
Literature Translation Institute of Korea (LTI Korea).

装丁・装画　鈴木千佳子

保健室のアン・ウニョン先生　目次

大好きだよ、ジェリーフィッシュ

長雨の季節だ、そして補習期間だ。学校に入った瞬間、靴箱の匂いがもわーっと迫ってきた。むっとする。一週間ほどしかない短い夏休みは蒸し蒸しするばかりで終わってしまい、補習授業が始まったのでみんな憂鬱そうな顔だが、私服が許されているので、おしゃれの楽しみだけでがまんしているようなものだ。だがスングォンは、それさえ全然興味が持てなかった。彼がせいぜい頑張ったところで、薄いスカイブルーのピンストライプの半袖シャツにコットンパンツが精一杯。そんなスングォンの関心の的はたった一つだった。

ヘヒョン。

小学校、中学校、高校とずっと一緒に進学してきた女の子。何を考えているのか頭の中が透き通って見えるというので、くらげと呼ばれている子だ。とはいっても、ちょっと語感のかわいい「ジェリーフィッシュ」というあだ名なんだからいいよな。くらげみたいな女の子が好きな僕は何にされるんだろう。スングォンはいつも頭が痛かった。この単純で角のない、愛すべき生物ヘヒョンは、不幸なことに他人のいちばんいいところだけを見るのが上手すぎるせいで、誰かに告白されるたびに全員とつきあってきた。スングォンはいつも考えすぎてタイミングを逃してしまうのに。二年生の一学期が終わってしまい、もうこれ以上待てないと決心したよりにもよってその日、バスケ部のキャプテンがいきなり、今日こそヘヒョンに告白するぞと公言している。ヘヒョンならあいつにだって、きらりと光るすごい長所を見つけてしまうに決まっている。

おまえに必要なのは、背だけ高くてにきびだらけのバスケ部キャプテンじゃないんだってば。毎朝、おまえの目を見るだけで、売店にあるおやつ三十六種類のうちどれを食べたいのか当てられる僕なんだってば。スングォンは、バスケ部キャプテンより先にヘヒョンを見つけなくてはならなかった。バスケ部の連中があのぬかるんだグラウンドに、キャンドルをハート形に並べる用意をしてるっていうんだから。雨でも降れ。雨でも降っちまえ。

一時間めが終わるや否や、科学室に向かった。絶対、科学室にいるはずだ。すごい暑がりのヘヒョンは理科室のコンクリートの床の冷たさが好きで、埃っぽい暗幕カーテンの下に寝ころがる癖があった。スングォンはその場所を、くらげの夏の棲息地と名づけていた。

「チョ・スングォン、どこ行くんだ？　おまえ今日、遅刻しただろ？」

担任の漢文の先生に呼び止められたが、スングォンは聞こえないふりをしてスピードを上げた。足を引きずって歩く人に対しては申し訳ないことだけど、今日は立ち止まっていられない。

「ソン・ヘヒョン」

科学室のドアを開けながらヘヒョンを呼んだ。何でこんなふうに、苗字までつけて呼ぶことしかできないんだろう。ヘヒョンはいなかった。遅かったのか。十代の少年が感じるにはちょっと濃すぎる絶望の匂い——全力疾走した後の、のどが焼けるような匂いが口の中に回った。

そのとき、何か尖ったものがチクッと首の後ろに刺さった。

養護教諭がピンセットで正体不明のトゲみたいなものを抜き取った。

「これ、何ですか?」

こんなことしてる時間はないのに、とスングォンの心は焦っていた。首を手でかばいながら保健室に行く途中、バスケ部の一年生がギターを持って歩いているのを見たからだ。

養護教諭はスングォンの首の後ろから抜き出したものを注意深く確認しながら若干唇を動かしたが、スングォンにはそれが一瞬、悪態をついているみたいに読み取れた。見間違いだよな。

「傷自体は大したことないけど、毒性があるかもしれない。もうまわりから色が変わりはじめてるから、炎症を起こすと思うわ。早退して病院に行った方がいいよ。何組？」

「二年一組です」

「私からあなたの担任の先生に話しておくよ」

「いいです、後で自分で許可をもらいますから。もし許可が出なかったら、確認証をもらいに来ます」

スングォンは弾丸のように保健室から飛び出していった。養護教諭が後ろから引き止めるように何かもごもご言いかけたが、トゲだか何だかはもう抜いたんだからそれでいい。今日は先生たちがやたらとうるさく思えた。

養護教諭アン・ウニョンは、小さなごたごたはあっても大きな事故は起きない学校生活に満足していた。今日までは。

ウニョンは男子生徒の首から抜き取った動物性の物質を見ながら、小さないらだちの声を上げた。悪態をつきかけて、途中でやめたのだ。ここは学校だからいつも口に出すのを控えているだけで、実際ウニョンはよく悪態をつく方だった。生徒がびっくりするからまさか言えなかったが、あれは何らかの得体の知れない動物の爪、うろこ、骨のうちのどれかだろう。血管を伝ってあの子の首に毒が回っていくのが見えたが、どれくらい悪いものがとりついたのか見当がつかなかった。消毒でもしてやるべきだったかな。でも、どっちにしてもアルコールでどうにかできる種類のものではなかった。正体をつかむまで何事もないといいのだが、ウニョンは心配だった。相手を遠ざけることができればその方がよさそうだ。

この学校にはとにかく、何かいる。出勤初日から感じていた。アン・ウニョンは残念ながら、ただの養護教諭ではない。ウニョンのバッグの中にはいつも、BB弾の銃と、レインボーカラーの、円錐形に折りたたためるおもちゃの剣が入っていた。何でまともな三十代の女性がこんなものを毎日持って歩かなくちゃいけないのかと思うとむしゃくしゃしないでもなかったが、仕方ない。ほんとは、まともじゃないからだよね。アン・ウニョン、友人たちからはいつも「あにき《アヌン・ヒョン》」とからかわれている気さくな性格の、私立M高校の養護教諭。彼女には言ってみれば、見えないものを見、それと戦う力があった。

いつからですかと聞かれたら、ずっとです、と言うべきか。ウニョンはごく早いうちから、自分の世界が他の人の世界と違っていることに気づいていた。はっきり認識したのは九歳のころだ。相場よりはるかに安く買った家をリフォームすると言って、母さんが台所の壁を嬉しそうに壊しはじめたとき、全力で止めたことがある。間取りはこのままにしておいて、壁紙でも貼りかえようよ、へたにあちこち壊して面倒なリフォームするなら私はパパの家で暮らすからねと脅迫した。壁の中に、顔をちょっと怪我しているけど優しそうなおばさんがいたからだ。母さんが知って良いことは一つもない。九歳のウニョンが食卓でシリアルをサクサクやって食べていると、壁の中のおばさんが静かに笑いながら見おろしていたりした。その目には敵意がなかったから、それでよかった。ウニョンのような境遇だと早いうちから否応なく、敵意と敵意でないものを見分ける感覚が発達する。

死んだ人だけが見えるわけではなかった。気持ち悪いものをしこたま作り出すことにかけては、生きている人の方が上なのだ。例えばこの学校の中をさまよっている、空気中に充満したヌードの幻影みたいなものだ。あー、思春期の子ってほんとにやだ。ウニョンは誰も見ていないとき、おもちゃの剣をひゅい、ひゅいと振り回して生徒たちのエッチな想像をぶった切った。このくらいの年齢でもう、趣味は固まっちゃうんだもんね。つまり、ウニョンに見えるのは一種のエクトプラズム、死者も生者も放っている微細な、まだ立証されていない粒子の凝集体だ。きなり色のゼリーみたいなその凝集体は、種類と生成時期によって粘性が異なる。死んでいるものは意外と、そんなにべたべたくっついたりしない。生きてるものの方が問題だ。二次性徴の発現というものは意地悪く、うんざりさせられる。

おもちゃの剣と銃に自分のエネルギーを注ぎ込めば、ゼリーのようなぐにゃぐにゃのかたまりと戦うことができた。ＢＢ弾の銃は一日に二十二発、プラスチックの剣は十五分ほど使用可能だ。エジプト製のアンクの十字架やトルコのイビルアイ、バチカンのロザリオと浮石寺《プソクサ》の数珠、京都の神社の健康祈願のお守りをプラスすれば二十八発と十九分まで伸ばすことができる。養護教諭アン・ウニョンの生活はこのようにトーテミズムに彩られている。

　何年か前までは、大学病院で働いていた。退魔師として食べていくのでない限り、ほかのことでお金を稼がなくてはならないから、足切りライン以下からの挑戦だったがぎりぎりで大学の看護学科に受かり、以来ずーっと病院にいた。病院も学校も、何かがうようよしていることではおんなじだ。何でまた、よりによって看護師を職業に選んだんだろう。いや、そうじゃない。年が経つにつれていっそう感じることだが、人が職業を選ぶのではなく、職業が人を選ぶのであるらしい。使命なんて言葉は基本的に好きじゃないので、それをよしとして受け入れたというより、楽な人生を送ることを早々にあきらめたと言った方が正しいだろう。病院勤務のころは、しんどい診療科ばかり回されて今よりずっとぼろぼろだった。何年か勤めてみたが、夜中に病院の廊下で延々と戦いつづけるのは無理だった。それで、大学でとっておいた養護教諭の資格を活用することにしたのだ。ホラーとエロのどっちか選ぶなら、当然、エロだ。

だけどこの学校には、エロエロゼリーだけじゃなく、生徒の首に何かを刺していくような邪悪な何かがいる。足を踏み入れた瞬間から、何となく陰湿だったもんなあ。こじれた運命はどこにも行かないのだ。

白衣の中、腰の後ろにBB弾の銃とおもちゃの剣をさしてウニョンは保健室を出た。

「だからー、やせてめがねかけた、ぽきんと折れそうな男の子ですよ。その子を早退させないと」

二年一組の担任、漢文担当のホン・インピョは、前学期に新しく赴任してきて学校にまだあまり慣れていない養護教諭を嘆かわしそうに見ていた。他の階の先生たちは養護教諭の顔すらよく覚えておらず、食堂で顔を合わせてもよそよそしく振る舞っているようだ。前の先生は学校に慣れすぎて保健室をゴシップの温床にしていたが、この若い先生は要領が悪すぎるな。高二の男子なんて全員やせてめがねをかけてるのに、誰を探してるんだか。

「呼び止めたんだけどすごく急いで行っちゃったんですよ」

ああ、ぽきんと折れそうな印象っていうと、もしかしてスングォンかな。普段はけっこうまじめな方だけど、今日に限って混乱しているように見えた。

「重症なんですか？」

「うーん、腫れが早いのが気になるんですよね。そのうち高熱が出てきそうだから、病院に行かせた方がいいと思うんです」

「何に嚙まれたんでしょう？」

「あ、何なのかはよくわかりませんが、ちょっと悪いものじゃないかと……」

はずれとはいえここもソウルなのだから、ひどく危険な虫や蛇なんかいそうには思えないのだが。初心者だから神経質になりすぎているのでは？　でもこの養護教諭の顔は全然細かそうに見えず、どこか未熟で、頼りなげなところがある。インピョは若い女性の先生だからとばかにするような人間では決してなかったが、先生たちの顔に、嘘をついている生徒みたいな表情が浮かんでいるときには目ざとく気づく方なのだ。何か気になる人だなと思いながらインピョは答えた。

「わかりました。私が探して、病院に行かせますよ」

そして踵《きびす》を返すと、後ろから養護教諭に呼び止められた。

「先生、足、怪我されました？　ちょっと診てあげましょうか？」

「あ……違います、ずっと前に怪我したんです」

ほんとに何も知らないんだな。実はインピョは、常に噂がついて回るゴシップ製造機だった。学校を運営する財団の一族であるうえ、事実上次世代の実力者だし、未婚なのでなおさらそうなる。保健室がゴシップの暴風雨圏外にあることは間違いない。若いころにオートバイ事故で足に重傷を負ったことについてだけでも何十バージョンにも及ぶ噂が流れているのに、そのうちの一つも耳にしなかったというのだから。

恐ろしい事故だったが、振り返ればいろいろとラッキーだったことも事実だ。インピョのおじいさんは私立学校財団以外にもひとかどの事業をいくつも手がけるやり手の事業家で、インピョはいちばん愛された孫だった。そうなると、オートバイの一台くらいはこっそり買えるほどのおこづかいをもらうことになり、結局それが事故につながってしまった。インピョが乗っていたオートバイはバスの下敷きになった。それでもバスがフルスピードではなかったのが幸いだ。全身が粉々になり、再び縫い合わされ、手足に金属の芯を入れたり抜いたり、二ケタを上回る回数の手術を受けたが、片方の足は事故以後ついにそれ以上成長することはなく、今のようになった。とはいえ片足を引きずるだけですんだのはどれだけ幸運かわからない。体はもちろん顔にも傷が残ったが、手術が成功したのでみんなえくぼだと思っていた。

「ギャスパー・ウリエルに似てますね！」

むちゃくちゃ性格の明るいお見合いの相手がなぜだかフランスの俳優を引き合いに出す

ほどだった。検索してみるとけっこうかっこいい俳優だったので気をよくしたが、傷跡以外に類似点を見つけるのに苦労する顔である。とにかく、傷は傷だというだけのこと。雨の降る日は全身がずきずき痛むし、あちこちの傷のことを考えると気が滅入る。インピョはいつか子どもを持つことがあったら、オートバイをこっそり買ったりできないよう、おこづかいはほんのちょっとにしておこうと心に決めていた。

財団の一員ともなると普通、みんなに目ざわりだと思われたり、敬遠されたりしがちだが、大学受験にあまり関係ない教科の担当であるうえ、足を引きずっているのが年長の先生たちの母性愛や父性愛を刺激するせいか、教師集団にも優しく受け入れてもらっていた。

一つ気になる点があるとすれば、校舎のことだ。インピョは暇さえあれば古い図面を広げて吟味していた。古い建物だから慢性的にスペースが不足している。増築もせず建築当初のままなのだが、なぜこんなに非効率的な変な形をしているのだろう。一九四五年、日本からの解放直後に建てられた昔の建物なのに、なぜ地下三階まであるんだ？　しかも、使っているのは地下一階までで、倉庫としてごく一部活用しているだけだ。生徒会がよく、地下階を部活に使わせてくれとねだるのだが、インピョは何となく気が進まなかった。もっともな要求だったが、おじいさんの代から地下への入り口を封鎖してきたあの鉄の鎖を、そう簡単にはずしたくなかった。インピョの手首ほどもある太い鎖だ。

おじいさんは亡くなる直前、他の財産問題はすべて弁護士に任せ、学校についてだけはくれぐれもよろしくと家族に頼んでいった。

「学校は続けろ。あの土地には学校以外のものを建ててはいけない。校舎も建て直すな。インピョを先生にしろ。必ず先生にな」

その遺志を受け継いで教職を選んだが、ちゃんとやれているのか、確信が持てなかった。おじいさんがあんなにも心を砕いて建てたこの校舎からは去年も一昨年も、生徒たちが霰《あられ》のように、雹《ひょう》のように飛び降りたのだから。そもそも十代の自殺率がひどく高い国だとはいえ、それでも理解しがたい数字だった。各種の事故や非行が起きる頻度もまた相当に深刻で、どうやって改善したらいいのか見当がつかなかった。

そこまで考えて、急に気になってきた。スングォンのやつ、何があったか知らないが、つかまえて言い聞かせてやらなくては。インピョは不自由な足で懸命に歩いた。インピョは知らなかったが、他の人たちはインピョのそんな歩く姿をどことなく愉快だとさえ思っていた。一方の足が短いのではなく、もう一方の足が長いためにリズミカルにステップを踏んでいるように見えるというのだ。

ヘヒョンは屋上で授業をさぼっていた。服を何日も乾かしても梅雨時の生乾きの嫌な匂いがとれないので、久しぶりに制服を着てきたら、通気性というものを考慮していない合成繊維なのでもっと気持ち悪い。でも、ここは風が吹くからまだいい。安全性という理由から屋上全体に高い鉄条網が張り巡らされているので、ちょっと物騒な眺めだが、鉄条網の間からも風は入ってくる。最初、屋上が初めて封鎖されたときには、生徒たちが何度も鍵を壊した。先生たちも結局あきらめ、屋上を開放するしかなかったのだろう。休憩場所がこんなに不足しているのに、屋上まで取り上げたら話にならないよね。自分で鍵を壊したわけではなかったが、ヘヒョンはふっと勝利の笑みを浮かべた。

「ヘヒョン先輩、さっきスングォン先輩が探してましたけど?」

部活の後輩が先に階段を降りるときにそう言った。

「何で?」

「さあ」

また私、スングォンのものをうっかり持ってきちゃったのかな。イヤホンとかマンガ本とか。ヘヒョンはしばらく、自分に容疑がないか検討した。

「わかった、ありがと」

後輩が降りていってしばらく経っても、屋上から降りたくなかった。湿気でいっぱいの建物の中は、掃除をしていない金魚鉢みたいに感じられた。息ができないじゃん、これじや、鰓《えら》が必要なぐらいだよ。

一階からバスケ部のキャプテンが手を振っていた。ヘヒョンは特に何も考えず手を振り返してやった。

アン・ウニョンはさっきの漢文の先生を守っていた巨大なエネルギーのカーテンに思わずうなっていた。保健室にばかり閉じ込もっていたので、近くで見るのは初めてだった。誰かあの先生をとても愛していた人がいて、死後もなお強力な意志が残っているに違いない。あんなに守られているのに、何で足を怪我したのかな？　珍しいことだ。すぐに仲良くなれそうな人ではないけど、もしも深刻な事態になったら助けてもらうことになるかもと思った。幸運のお守りが歩いているのとほとんど変わらない。うらやましい。やっぱり女の子の幽霊かなあ？　あの男の子の首に刺さっていたのは爪かもしれない。

とかく予想外のことが飛び出す世の中だから確信はできないけど、ともあれ何かが地下に埋まっている確率がいちばん高かった。腰の後ろにさしたプラスチックの銃と剣を確認して、ウニョンは中央階段へ向かった。地下室への入り口には鉄の鎖が巻かれていた。生徒たちが入れないようにわざわざ遮断してあるらしい。ウニョンは守衛室にひょいと頭を突っ込んだ。

「あのー、地下の鍵、ちょっとお借りできますか？」

守衛のおじさんが、ベルトからぶら下げた鍵束に手をやりながら尋ねた。

「どうして地下に？」

「ええ、生徒たちがよく、急に何かできてかゆいと言って軟膏をもらいにくるんですけど、カビによる皮膚病らしいので。何か危険なものがないかちょっと確認したいんです。ついでに懐中電灯も貸していただけると助かります」

「地下は毎年一度、消毒するときしか開けられないんだよ。そのときも外部の消毒業者が入るだけで、私も立ち入りできないんです。昔から絶対に開放するなと言われているからね」

「ああ、だからカビが生えるんですよ。このままだと上に報告もしなくちゃいけないし、いろいろ面倒なことになりそうだから、私だけそーっと行ってきますよ。私、何もしませんよ、ちょっと入って見てくるだけだから」

　ウニョンは強い口ぶりで言いながら、それとは裏腹ににっこりと目を細めて笑ってみせた。守衛のおじさんは最後までおもしろくなさそうな顔をしていたが、効果はあったのか、やがて錆びた鎖が解かれ、長い間閉ざされていた空気がいっぺんに押し寄せてきた。マスクでも持ってくればよかった。こんなことしてたら自分の方こそ病気になりそうだとウニョンは思った。下に行くほど暗かった。

入り口からもう手ごわかった。古そうに思われる、卒業生たちが捨てていったらしき邪念が少しあった。暴力や競争心のぐにゃぐにゃしたかたまり、年月を経た反目と、不名誉、羞恥の残滓《ざんし》が暗がりにころがっている。ウニョンは長いため息をつくと、手首のスナップを使っておもちゃの剣を長く伸ばした。そして汚い「ぐにゃぐにゃ」を斬っていった。

スングォンはくらくらした。保健室の先生が炎症になるだろうと言ったけど、あれは脅しじゃなかったらしい。やたらと視野が曇る。熱が出てるのに違いない。めがねを何度はずしてかけなおしてみても、焦点がちゃんと合わなかった。体がどんどん重くなり、それと同時に腹が立った。今日でなきゃだめなのに、何をやってもだめな僕は今日もまただめなのか。もともとむずがゆい告白は好きじゃないが、これじゃほんとに前後をぶった切って「好きだ」と言うだけになりそうだ。告白してぶっ倒れちゃったら、それはそれでたまんないよなあ。かかとがしきりに引っ張られる。それに、足の裏に体液が集まっているのか、気持ち悪いふわふわした感じがあった。足の裏全体が水ぶくれみたいに感じられる。スングォンは体調管理には気を遣う方なので、こんなに具合が悪いのは小さいとき以来、初めてだった。吐いたり、気絶したりさえしなければいい。いや、吐きさえしなければそれでいい。スングォンに声をかけようとした友だちが、スングォンの顔を何度も見直してはびっくりしている。大丈夫かと聞かれたが、まともに返事することもできなかった。

ヘヒョンは屋上にいるという。階段の一段一段がいつもの三倍も高く感じられた。


インピョはスングォンを探しに体育館へ向かっていた。いつもそこにいるメンバーではないが、ときどき頭を冷やすために運動しているのを知っていたからだ。生徒の現状把握はまあまあちゃんとできてるな、と思い、我ながら満足していたそのときだった。

中央階段を過ぎたとき、地下室のドアが開いているのが見えた。インピョはリズミカルな足取りをストップした。誰が開けたんだ？　そんな時期じゃないのに。おじいさんは、地下室に関する事項だけでも十ページほどにもなる内容を何度も読むよう言い残した。要約すれば、開けるなよということであり、消毒の会社も変えるなということだった。だがその消毒会社が廃業したので二、三年前から他の会社に任せたところ、それまでの五分の一以下の費用ですむようになった。おじいさんはなぜ、あんなに高くつく消毒会社にこだわったのだろう？　インピョは消毒の時期になるたび気になっていた。そして今、来年まで消毒の予定はないというのに、下で明かりが揺れている。階段の上から呼んでみようかと思ったが、インピョは黙って降りていった。

白い服の裾がひらりと揺れたときにはちょっとびくっとした。懐中電灯を持って踊っていたのは、保健室の先生だった。片手には懐中電灯、片手にはなぜかレインボーカラーのじょうごみたいなものを持ち、空中でそれらを夢中で振り回している。あーあ、やっぱり変な女なんだ。お見合いに際してときどき発動する「変な女アラーム」が、心の中で大きく鳴った。

「アン先生、何してるんです?」

ウニョンがぎょっとして振り向いた。そうだ、ここで驚かなきゃまともじゃないぞ。

「えと……運動を、ね」

自分でも確信がないことが明らかな口ぶりだ。

「地下室でどういう運動をやるんですか?」

汗まみれのおでこの奥から、あんまりしわのない脳がかすかにうごめく音が聞こえてきそうな気がする。

「……ごらんの通り、新種のエアロビなんですけど、生徒に見られたらかっこ悪いので」

「じゃ、ご自宅でおやりになったら」

インピョはきっぱりとそう言ったが、ウニョンはさっさと地下室から出ていきそうにない。インピョは、ウニョンの顔がだんだんまじめな、しっかりした表情になっていくのを見た。暗いところで見ているせいかもしれないが、しっかりと立った様子は頭のおかしな人には見えなかった。

「地下室で何を探してるんです？」

インピョは、どんな答えを期待しているのか自分でも想像がつかないまま聞いた。

「説明はしづらいんですが、探しものがあるんです」

ウニョンは少しも笑わずに答えた。私立学校に就職するのは生易しいことではない。でも、ばれて首を切られることは怖くはなかった。ウニョンはまたどこかに仕事を見つけることができるだろう。ウニョンにないものはたくさんあったが、仕事運だけはいつもあった。死ぬ間際まで働くんだろうと、はっきりわかっていた。

「それじゃ、一緒に探しましょう」

なぜなのか説明はつかないが、そうするしかない気持ちに動かされてインピョはそう言った。インピョには学校のことがちゃんとわかっていなかった。なぜおじいさんがこの学校に——名門私立でもないうえに不動産価値もない、役に立たない土地にあんなに愛着を持っていたのか、まったく理解できなかった。ひょっとしたら一度も入ったことのないこの地下に、何か特別なものがあるのかもしれない。小さいときおじいさんの家に行くと、ときどき宝探しをやった。いったいどうやってインピョがいちばん欲しがっているおもちゃを知ったのか、おじいさんはばっちり見抜いて隠しておいてくれたものだ。

何も出てこなかったら、この、何だか良からぬ感じのする保健室の先生をクビにしなきゃいけない。

ヘヒョンの細い指が鉄条網にそっとかけられていた。透明マニュキアが指先できらりと光る。爪の下の優しく健康なピンク色が目に飛び込んでくる。フレアスカートが風にそっとふくらみ、めくれ上がってはまた下りる。本人は制服があまり好きではないようだったが、スングォンの目には、夏服のフレアスカートがヘヒョンほどよく似合う女の子はいなかった。

好きな女の子の後ろ姿を見ていると、さらにめまいがしてくる。

あの楽しそうに見える生物が、見た目とは違って心の中にどんなに多くのことを飲み込んで暮らしているか、誰も知らないだろうとスングォンは再び確信した。今言わなくちゃいけない。このタイミングは二度とやってこないのだと。

「くーらげ」

ヘヒョンが振り向いた。すぐに後悔が押し寄せてきた。くらげなんて呼ぶんじゃなかった……だが、いざ振り向いた瞬間、ヘヒョンはいつもより涼しげに笑った。遠くに視線を向けているときは無表情だったが、スングォンを見るとたちまち豊かな表情があふれ出る。

スングォンはいつもあの目を見るだけで、ヘヒョンがどんなに自分を歓迎してくれているかわかった。

「私、何か忘れてたっけ?」

「いや、そんなんじゃなくて」

「じゃあ何で来たの」

「話があって」

「あんた、ひどい顔してるよ、病気なの?」

スングォンは自分の手がものすごく冷たいのを感じながら、ひどいと言われた顔を手でちょっとおおった。熱があるのに、手はどうして冷たいんだろう。真正面から目を見て言うなんて、とてもできそうにない。もしも、ヘヒョンの目に浮かんだ喜びが他の感情に変わるのを目撃することになったら……。

「ヘヒョンさん、キャプテンがちょっとグラウンドに降りてきてって言ってます」

屋上のドアがバタンと開いて、バスケ部の一年生が叫んだ。ヘヒョンはグラウンドをちらっと見おろした。ぬかるみになったグラウンドに、キャンドルがハート形に立ててある。あ、と、良い感情も悪い感情も混じっていない軽い嘆声を上げると、ヘヒョンはスングォンの横をすり抜けて階段へ行った。

「行くなよ」

スングォンが言った。

「大丈夫、ここにいて。すぐ戻るから」

ヘヒョンは上の空で手を振ると階段を降りていった。

大丈夫だなんて、いったい何が大丈夫なのか。スングォンは腹が立って、手すりの鉄条網を握りしめた。すると首の後ろにひどく強烈な痛みが走った。


使っていない荷物が積まれた地下一階を過ぎ、地下二階に行くと、床一面に縄が散らばっていた。

「運動会のときに使ったロープかな？　ちょっと細いけど」

インピョのつぶやきに、ウニョンは失笑してしまった。どこから見たって、厄除けのしめ縄じゃないの。この人、ほんとにそっち方面のことには一つもカンが働かないんだな。ウニョンはちぎれたしめ縄を室内ばきで軽く蹴ってどかした。誰か、ここを守り、管理していた人が何年か前にいなくなったに違いない。隠しようもない、放ったらかされた状態だったのだ。

地下三階のドアを開けると、途方もない圧力がウニョンを襲った。ウニョンは思わずインピョの後ろに隠れた。正確には、インピョを包んでいる保護のオーラの後ろに隠れたのだが、インピョはウニョンが怖がるふりをしていると思ったのか、ふっと鼻で笑うと、えいやっと床に降りた。鈍い人特有の強みというものもあるらしい。

周囲はセメントだが、驚いたことに中央には土がそのままむき出しになっている。古い土の匂いがする。暗いところに閉じ込められていた土の匂いは二人をむかむかさせた。まん中には平べったい石が一つ置かれている。インピョがウニョンの手から懐中電灯を奪って石を照らした。

「圧池石」と楷書で彫ってあった。

「ん？〈地〉じゃなくて、〈池〉か。ここ、池だったのか？」

インピョはしばらく記憶をたどってみたが、そんなことを聞いた覚えはない。池という言葉にウニョンはびくっとして、剣と銃をさらに強く握りしめた。井戸や池が出てきて良いことがあったためしは一度もない。インピョがおずおずと父さんに電話した。

「お父さん、私です。はい、食事、ちゃんと食べました。それで実はですね、学校の敷地のことなんですけどね、ここ、前は池だったんですか？　ああ、伯父さんがご存じですか。お父さんは知りませんか？　伯父さんにはこのごろちゃんとごあいさつもできてなくて、こんなことで電話するのはちょっときまりが悪いんですけどね……はい、わかりました」

インピョは電話の音質が悪いとぶつぶつ言いながら、こんどは伯父さんに電話した。ぎこちないあいさつを経て、本題に入る。

「ここ、池があったんですか。いえ、あのですね、地下室に石碑みたいなものがありましてね。あ、関連資料をお持ちですか？　昔の地方誌？　それはいいですね。じゃあ、ファックス番号をお知らせしますので。ええ、ええ、どうぞお元気で。また法事のときにお目にかかりましょう」

ウニョンは息が苦しくなった。濁りに濁って何百年も放っておかれたらしい「ぐにゃぐにゃ」が、二人に向かって徐々に迫ってきていた。下に何があるのかわからないが、ウニョンの力でどうにかできそうには思えなかった。

「いったん出た方が良さそうですね」

「そうですね」

ウニョンが先になって上り、インピョはその後についてくるかと思うと急に振り向いた。

「ちょっと待って、ああいう石は必ず、裏側にも何か書いてあるんだ」

ウニョンが止める間もなかった。インピョがよいしょっと圧池石を裏返すと、次の瞬間、見えない車にでもはねられたかのように二人は後ろに引っくり返った。懐中電灯が落ちて乾電池が飛び出した。地下階に轟音が鳴り響いた。

短い悲鳴とともに、生徒たちが廊下で倒れていった。肌に何かが刺さっていた。全員が狙われたのではない。大勢の生徒が倒れたが、全員ではなかった。しばらく倒れていて立ち上がった生徒たちはいっせいに屋上に向かっていった。まわりが声をかけてもまったく耳を貸さなかった。攻撃を受けなかった生徒たちはこのただならぬ事態に驚き、わけもわからず階段を駆け上っていく友だちを止めようと、屋上まで追っていった。

最初から屋上にいたスングォンが鉄条網を這い上がっていた。グラウンドでそれを目撃した生徒たちが悲鳴を上げたが、ヘヒョンはそれすらできなかった。

その修羅場のただ中で、養護教諭が厚底サンダルを脱ぎ捨て、ストッキングだけの足で廊下を走っていくのを、誰も気に留めなかった。

矢のように飛び出したウニョンを見失ったインピョは、いったん職員室に向かった。学校は完全に統制不能になり、最悪の状況に突入していた。生徒たちが上げている、可聴域を越えた悲鳴の中から何か有益な情報を探ろうとしたが無理だった。教師は全員廊下に飛び出したが、この混乱をコントロールすることはできなかった。地下で何かへまをやったのだ。石を裏返すべきじゃなかったのか？　あの正体不明の保健室の先生が先に気づいて教えてくれたらよかったのにな。とにかく、どうにかしないと。すぐにではないがいずれ、この学校はインピョの学校になるはずであり、すでに多くの責任を彼は負っている。インピョはファックスに歩み寄りながら心を鎮めた。霊感なんて全然ないが、東洋の古典に精通している僕は、怪奇現象にもより柔軟に対応できるはずだ。催促の電話をしようか悩んでいたのだが、刃物のように短気な伯父さんはもうファックスを送ってくれていた。ファックスののろさに怒りが爆発する。この事態を解決したら、まずファックスを買い換えよう。

伯父さんの直筆で簡略に説明されたところによると、その資料は十八世紀の地方誌だった。学校の敷地に関する部分は何行もなかったが、昔の文書がみんなそうであるように句読点一つないうえ、ファックスでぼやけているため、読みながらも確信が持てなかった。

古くからこの池は恋人を失った若者たちが身を投じた場所であったが

（自古是池　夫失情人少者　以所投身）

最近その数が手の施しようもなく増え

（而近者其数逐日増加）

自殺を装った他殺死体が捨てられるなどの弊害が起きている。

（見打戸以自決僞飾　委棄於此　其弊已甚）

そのうえ、死体を食べる魚や鬼、とかげなどが肥え太り、すさまじいことになった。

（又鮀魚蟾蜥　嘬其死体　肉附漸滋　其勢劇矣）

そこで官により命令を下し、池を土で埋めたてることとした。

（故　官府下命　使土沙塡其淵）


ああ、僕、漢文の先生でよかった。同年代の他の科目の先生だったら一つも読めないだろう。歴史の先生ぐらいは読めるかな？　インピョは、自分の選択は正しかったとしばし改めて満足感に浸った後、また保健室の先生を探しに行った。彼女はわけのわからない方法でこの事態を食い止めようと必死なようだが、この情報が役に立つかもしれない。

「スングォン、やめて！　スングォン、スングォン！」

ヘヒョンが叫び出したが、スングォンには聞こえないらしい。顔がよく見えないが、はなからヘヒョンを見向きもしていないようだ。

「私が行くから、そこにいて、せめて私が行くまでお願いだからそこにいて！」

しかしスングォンはもう下のフェンスの部分を過ぎ、その上の有刺鉄線の部分にさしかかっている。まともな精神状態なら素手でつかめないはずなのに、やはり何かとんでもないことが起きているのは明らかだ。ヘヒョンはグラウンドから声をかけつづけるべきか、屋上まで駆け上がるべきか判断できず、ためらっていた。

そのとき二度めの地響きが鳴りわたった。グラウンドに並べられたハート形のキャンドルがいっせいに倒れて消えた。グラウンドの、校舎にいちばん近い地面の一角が下にぼこんと凹んだ。他の生徒たちがしっかりした地面を探して四方へ駆け出しているとき、ヘヒョンはスングォンを見上げた。スングォンは鉄条網の棘をつかんで上半身を持ち上げた。ヘヒョンがもはや手遅れと思い、目をつぶろうとしたそのときだ。

なぜかいきなり一本の棒が現れてスングォンの後頭部を殴りつけ、スングォンは後ろに落ちた。屋上の端に現れたのは、しばらく前に新しく赴任してきた保健室の先生だった。先生が、鉄条網をよじ上っている他の生徒たちを片っ端から殴って気絶させていく。屋上から身投げするよりはましだろうが、あんなふうに気絶させていいのだろうか、正直、平気で見ていられる眺めではない。

ヘヒョンはすぐに屋上へ駆け上がった。

ウニョンは惨憺《さんたん》たる気持ちでグラウンドを見おろした。

土をかき分けて頭が出ていた。

何の頭なのか、まだ判断がつかなかった。魚のようでもあり、カエルのようでもあり、蛇のようでもある。男の子の首に刺さっていたのはうろこだったらしい。心底ぞっとするような生物をゆでて、さらに気味悪くしたような頭で、特に目が、熱で変色した焼き魚の目玉みたいになっている。そうか、人間の幽霊どころじゃなかったんだな。それよりずっと深刻で巨大な何か……。

この剣であとどのくらい粘れるだろうか、残り時間を計算してみた。もう七分ももたない。銃もあと十発くらいでおしまいだし。生徒の体からあのねばねばしたうろこを一枚一枚払い落とすことは不可能だ。本体を攻撃しなくてはならない。

「しっかりつかまえて！　よじ上っていくのを止めて！」

取り乱した級友たちを追いかけて上がってきた生徒たちに、ウニョンはそう叫んだ。彼らは怯え、悲鳴を上げていたが、すぐに死にもの狂いで級友にしがみついて押しとどめた。

鉄条網の間からＢＢ弾銃の狙いを定めた。一度も望んだことのないこんな才能を持って生まれついたせいで相当に疲れる人生を送ってきたが、もうそれも終わりかもという気がする。今まで、こんなにも歳を重ねた、巨大な相手と戦ったことはない。

巨大な頭が口を開けた。まるで屋上から落ちてくる生徒たちを待ちかまえて食おうとしているように。

ウニョンが最初の一発を放った。軽いBB弾ではあっても反動で肩が押された。左の目に狙いを定めたが、はずしてしまった。巨大な鰓の端がそっと開いたが、それでおしまいだった。


駆け上がっていくヘヒョンをインピョが呼び止めた。

「どこ行くんだ？　何しに？」

「屋上です、みんなが集団で飛び降りようとしてるんです」

「もしかして保健室の先生見なかったか？」

「屋上にいます。保健室の先生が飛び降りを止めてるんです」

インピョはヘヒョンの後に続き、不安定な足取りで駆け上がっていった。脊髄に沿って、久々の衝撃が上ってくる。最後に走ったのはいつだったっけ。両班《ヤンバン》のようにゆったりと歩き回っていられる時代は終わったらしいな、という不思議な予感がした。

屋上は、校内のどこよりも地獄だった。生徒たちが気絶しており、気絶から覚めた子が再び鉄条網の方へ行こうとして、他の子たちに取り押さえられている。一人につき三、四人がしがみついて止めている。

そして、鉄条網にぴったりくっついて立った養護教諭が、何かを目がけておもちゃの銃を激しく撃っていた。インピョは急いで下を見おろしたが、何も見えない。しかし、BB弾には似合わない激発音が聞こえてきた。

「あのー、参考になるかどうかわからないけど、もともとこの土地は池で、身投げがいっぱいあったんですって」

「わかる気がします」

ウニョンが上の空で答えたので、インピョはちょっときまりが悪かった。

「幽霊を撃ってるんですか？」

「いいえ、正体不明の生物の頭……それより、私の手を握ってください」

「はい？」

「もう、弾がないんです」

ウニョンの唇はほとんどまっ青で、もう立っていることも辛そうに見えた。インピョは何が何だかわからなかったが、とにかく銃を握ったウニョンの両手に片手を重ねた。

「両方ともです」

インピョは文句を言わずもう一方の手も重ねた。きわめて強力なエネルギーが染み込んでくるのをウニョンは感じた。やっぱり、予想通りだった。これならあと五十発撃てるだろう。

五十発。でなければ、すごく大きな一発。

おもちゃの大砲を買えばよかったのかな。バッグに入らないものは嫌だけど、でも原理は銃も大砲も同じだし。

「この醜い化け物、死ねえええええええええ！」

正気だった生徒たちも、そうじゃない子たちも、全員が本能的に耳をふさいだ。目に見えない何かが爆発した。濡れた土が、グラウンドが、丸ごと弾けて、学校の外へ飛んでいった。

ニュースでは、M高校のグラウンドに埋設されていたガス管が破裂したが、幸い人命被害はなかったと報道された。「頭」が死ぬときにガス管も破裂したことはしたので、嘘ではない。

あの日補習授業があった生徒たち、特に屋上にいた生徒たちは、何か忘れられないようなことが起きたのはわかっていたが、誰もそのことを口に出して言わなかった。言ってはいけないような気がしたのだ。インピョは保護者から抗議が出た場合、川向こうの工業団地から幻覚誘発物質が強風に乗って飛んできたらしいと言い訳するつもりだったのだが、幸い、まず生徒たちが信じてくれた。高校生といえばもうほとんど大人も同然だが、こんなにめちゃくちゃな状況でもこんなに大人たちを信じているのだから、切なくなってしまう。これでは、信じてはいけない大人たちのことまで固く信じてしまうだろう。まだ残っている純真な表情と、曇りのない瞳が教師たちを持ちこたえさせてくれる力でもあった。

事態が鎮静化した後、なぜ一部の生徒にだけこんな現象が起きたのかウニョンとインピョは冷静に考えてみたが、攻撃された子は全員、みんなに知られているかいないかによらず、最近失恋していたことがわかった。

夏休みが終わったとき、スングォンはヘヒョンの彼氏になっていた。結局、告白らしい告白はできなかったのだが、補習授業の最後の日、家に帰るバスの中でヘヒョンが黙ってもたれかかってきたのだ。もしかしたら眠かっただけかもしれないけれど、スングォンはもう、鉄条網で傷ついた手の痛みを感じなかった。

養護教諭アン・ウニョンはその後も数多くの奇行を重ねたが、屋上にいた生徒たちが卒業していった後は悪い噂が出回るようになってしまった。ウニョンはちょっといかれてるけど、事実上の権力者である漢文の先生の彼女だからみんな大目に見ているんだという噂だ。悪意のある噂だったが、ウニョンが戦ってつかまえた悪い「ぐにゃぐにゃ」たちは人の目には見えないのだから、どうしようもない。それより、その噂が本当なのか違うのか、だんだんこんがらがって、自分でもわからなくなってきた。大物を相手にするときには仕方なく漢文の先生の手を――文字通り手そのものを借りなくてはならなかったから。忘れたころに手を握り合う仲になってしまったので、こんがらがるしかない。

インピョの場合はウニョンよりはるかに悪名をとどろかせることになった。地下階を全部埋め立ててしまったからだ。表向きの理由は建物の老朽化により、基礎を再補強するためだったが、生徒会は、自治空間を管理するのが面倒でそんな極端な措置をとったものと受け止めた。新たな独裁者の登場という噂が立つのはやむをえないことだった。インピョは、おじいさんに学校を任された理由がわかるような気がする日もあったが、ほとんどの日はまだはっきりわからなかった。おじいさんの知り合いが池に飛び込んだのかもしれないと思い、人づてに聞いてみたりしたが、特にわかったことは何もない。理由がどうであれ、おじいさんは善き守護者であり、インピョはまだまだ力不足だということだけは確かだった。

インピョとウニョンは、何もつかまえなくてもいい日にもときどき屋上に上った。

「ものすごく悪い土地だから、学校を建てて、押さえ込もうとしたんじゃないでしょうか?」

インピョはまじめに尋ねた。

「エロの力はすごいですもんね」

ウニョンが適当に答えた。
そして二人は、いつも通り手を握り合った。

土曜日のデートメイト

土曜で休みの日だった。公式には週五日勤務だが、隔週土曜日に英才クラスの授業があるので、M高校の教師たちの間では、過去のものとなった「休みの土曜日」という言葉がまだ使われていた。休みの土曜日には公園に行く。学校に勤め出して以来、ウニョンはいつもそうやってきた。その公園にはウニョンの初恋の人がいる。

そこは古いマンモス団地のまん中にあった。長らく再開発の噂が出回っているのだが、住民の合意形成がうまくいかないのでそのまま放ったらかしになっている。公園の状態はもう、醜悪といっていいほどだった。最近ではほとんど見かけない、セメントを丸ごと型押しして作った滑り台が中央にでーんと陣取っている。滑らないのだから、滑り台と呼ぶのも恥ずかしいような遊具だ。象をへたくそにかたどった滑り台ははげちょろけで、今は濁った灰色しか残っておらず、死んだ象を連想させた。立ったままで死んだ、頭が大きすぎる象。何年か前まではそのうえ、足元までセメントだったのだが、それはさすがに安物の砂に替えられた。大粒の湿った砂の中からは際限なく異物が出てきた。折れたブランコ、軸の曲がったシーソー、錆びた鉄棒。一時は多くの子どもたちに怪我をさせた公園だが、今や子どもの姿もめったに見かけない。

ウニョンの最初の友だち、ジョンヒョンだけが残っている。

いつも頭からちょっと血が出ている子だった。何となくおかしいとは思っていたが、やっと四歳だったウニョンはずいぶん長いこと気づかなかった。ジョンヒョンのことが好きだったので、なおさら気づくのが遅れたのかもしれない。誰が好きにならずにいられただろう？　ジョンヒョンは他の子には見向きもせず、ウニョンだけを見てくれた。ウニョンが来ると、やっていた遊びを全部放り出して走ってきてくれるのが嬉しかった。他の子たちと違い、いつ行っても必ずその公園にいたから、ほんとに約束をよく守る子だと思っていた。他の子と遊ぶのはジョンヒョンと遊ぶ半分もおもしろくなかった。鈍感なウニョンの両親は、ウニョンが一人言を言うので心配していた。社交性のない子だというわけだ。ウニョンは単に、ちょっと違う方面の社交性があっただけなのだが。

偶然に聞いたのだった。上の階に住むおばさんが、ウニョンを怖がらせようとして滑り台から落ちて死んだ子の話をしたとき、ジョンヒョンのことだとわかった。それはもう小学校に入学した後のことで、家族やクラスメートは世界のしっかりした部分を踏みしめて生きているが、自分は足が滑りそうな端っこを歩かなくちゃならないんだとそろそろ気づきつつある最中だった。そうして、完璧に人間の子どもに見えていたジョンヒョンが、だんだんゼリーみたいなぐにゃぐにゃに見えてきた。

日が暮れても誰も迎えに来ない子。初めて会ったときにはウニョンより頭一つ背が高かったのに、今ではウニョンよりずっと小さい子。いつ、どんなときでも頭から血が出ているのに気にしていない子。

ウニョンは心が辛くなり、ときどきスナック菓子を買って公園に持っていったりした。袋を開けておくと、ジョンヒョンが走ってきてぽりぽりぽりぽり食べる。お菓子は減らなかったが、音ははっきり聞こえる。相変わらずジョンヒョンと遊ぶのは楽しかった。すでに学校では、ウニョンは変な子だという噂が立っていた。もう自分も、誰が生きてて誰が死んでるか見分けがつく程度には賢くなったと思って油断していると、必ず取り間違えて失敗するのだ。クラスメートたちは幽霊でもないのに幽霊のように目ざとく、ウニョンの変なところを見つけだした。

小さなウニョンはだんだん言葉数が減り、ジョンヒョンと一緒に遊び場に座って母さんを待った。自分は死んではいないけど、それでも母さんが迎えに来ないんじゃないかと心配になってきた。両親がウニョンのことで激しく争っていたからだ。ときどきジョンヒョンがうらやましかった。みんなジョンヒョンを怖がらず、怖がる必要が全然ないウニョンを怖がった。

他の町に引っ越し、学校を卒業し、就職し、また学校へ帰ってきてからもウニョンは公園を訪ねていった。ジョンヒョンに初めて会ったころも今もあるお菓子を持って。長く生き残るお菓子があるかと思えば、ちょっと登場してすぐ消えるお菓子もある。ウニョンはお菓子たちの栄枯盛衰に何らかの秘密が隠されているのではないかと突飛なことを考えた。インピョなら思いつきそうなことだ。ジョンヒョンとお菓子を食べる時間は、完全に休息と弛緩の時間だった。できるだけ考えごとなんかするまいと、ウニョンはジョンヒョンの頭のてっぺんを見おろしながら心に決めていた。

全然成長しないジョンヒョンは、ときどきウニョンのこともまだ子どもだと錯覚してしまう。

——どっちが長く逆さまにぶら下がってられるか競争、やってみようか？　ね？

「私はじっとしてても骨が痛いのよ。それに、あんたは血が下に集まってくることもないじゃないの、私が不利すぎるよ」

――ちぇっ。大人になってつまんなくなったな。

「……ママは最近も来る？」

――うん、ときどき来てるみたい。すっかりおばあさんになった。でも僕、よく、時間を忘れちゃう。

「何のこと？」

――ママが昨日来たみたいな気もするし、永遠に来ないみたいでもあるし。それにときどき、すごく小さいころのきみに会うんだよ。頭の中がごちゃごちゃになっちゃった。

「頭、痛くないの？」

ウニョンは手を伸ばして、ジョンヒョンの頭から流れている血を拭く真似をしてみる。拭くことはできないと知りながらも、毎回。

――うん、痛くない。

ジョンヒョンは何でもない様子でスナック菓子を食べている。実際に食べているわけでもないのに、どうして音が出るんだろう。ウニョンはバッグの中のＢＢ弾の銃と折りたたみ式の剣のことを考えた。ジョンヒョンが病気で辛そうに見えたら、または一人でも誰かに害を加えることがあったら、ずっと前にジョンヒョンを粉々にしていただろう。けれどもジョンヒョンはあまりにも無害だった。激しく身悶えして粉々になる死に方もあるかと思えば、使わずに取っておかれるばかりのバラの花型のせっけんみたいに、いつまでも形をとどめてそこにいつづけるジョンヒョンのような死に方もあるのだ。

——このお菓子、箱が六角形だったころの方がおいしかったみたいだな。

ジョンヒョンがぶつくさ言う。

「変だけど、そうだよね」

ウニョンは無意識に同意してしまう。公園を訪ねていってもジョンヒョンがいない日が来るかもしれないが、そのとき悲しいかどうか、今はまだよくわからない。最近ときどき、ジョンヒョンは死んだ子ではなく、公園で死んだ子という噂が作り出した「ぐにゃぐにゃ」なのかもしれない、という気もする。ジョンヒョンがママだと思っている人は、全然関係ない人かもしれない。ウニョンは一度もジョンヒョンのママに会ったことがない。二十年もジョンヒョンに会いに行っているのに。

——きみが僕のママだってことはないよね？

「気持ち悪いこと言うね」

——わかってるよ。ひょっとしたらと思って聞いたんだ。すぐ忘れちゃうから。

安全で安心な公園が増えていき、この公園の怖い噂も消えた今、ジョンヒョンも壊れていきつつあるのではないだろうか。子どもたちが遊ばない公園に毎日一人でいるのは寂しいだろうに。もしかして、手をつないでジョンヒョンを他の、子どもたちに人気の公園へ連れていってやることも可能だろうか。もちろん、それをやったら一度で粉々になってしまうかもしれないが。悩んでいると携帯が鳴った。電話が鳴るとジョンヒョンはわっと驚く。一向に慣れないらしい。

「はい、ホン先生」

約束の時間に遅れるなというインピョからの確認の電話だった。

——だれ？

「一緒に働いてる先生」

——もっと遊んでいかないの？

「ごめん、また来るよ」

——約束して。明日？

「うん、明日」

ウニョンは嘘をつく。何週間も来られないだろうけど、ジョンヒョンにとっては同じことだ。最後にジョンヒョンの両手にお菓子をいっぱい持たせてやる。相変わらず食べる音が聞こえるだけだが、ジョンヒョンの顔におなかいっぱいという表情が浮かんだので、ウニョンは、午前中の予定は成果あったと自ら評価を下した。

「何で毎回遅れるんです？」

「用事があったんです」

わざと遅れたのではないが、来る途中でいくつか「ぐにゃぐにゃ」をぶった切ってきたので、遅れてしまった。目についたら切らないわけにもいかないので困る。人を窮屈にさせるインピョ自身と同様、インピョの車の助手席のシートベルトもきちきちだ。どうやら、助手席に誰かがしょっちゅう乗っているわけではないらしい。二人はだいたい学校の話をするが、毎回意見が分かれるので雰囲気はかなり悪い。そうやって論争に気をとられているうちに目的地に着き、インピョが障害者用駐車スペースに車を停めるたびにびくっとしてしまう。こんなに強い保護膜に守られた、人間装甲車みたいな人が障害者だなんて。ウニョンには、インピョの不自由な足はあまりに微々たる問題に見えた。そんな胸の内がしょっちゅう見えるので、インピョはとても不満だった。一万人に一人いるかいないかの幸運だとよく言われるけれど、最近は骨盤も痛いし腰も痛いし、肩まで痛いのに、いったいこの見習いシャーマンみたいな先生に何がわかるのかと言いたい。

休みの土曜日の午後が来るたび二人がやっているのは、簡単にいえば名所旧跡巡りだ。

インピョに会う以前にはウニョンが一人でやっていたことだ。主に、古いお寺とか大勢の人が訪れるお寺に行って、塔にそーっと指を当てて充電するのだ。ぐっすり眠って起きるのも充電になるし、インピョの手を握るのも充電になるけれど、名所旧跡での充電は本当に質が違う。日常的な充電がガソリン級だとすれば、高級エンジンオイル交換のようなものと言うべきか。流通期限の過ぎたティーバッグと、茶道の師匠が心をこめて立ててくださったお茶の違いというか。激務に追われて殺気立っているウニョンは常に、自分の内部をすみずみまで清らかなもので満たしておく必要があった。特に、お寺で伝統行事の「塔回り」などが行われた後は、稲妻の電気が充電されたかのような純度の高いエネルギーが一個一個の塔の一つ一つにみなぎっているので、ウニョンは精魂傾けてそれを盗んだ。人の願いごとを盗んで生きるとは、何ておかしな人生だろう。ウニョンはよく自嘲的な気持ちになった。

「ばれたことはないんですか?」

ウニョンの能力は主に学校のために使われているので、インピョはあえて交通の便と経費を提供し、同行あい務めているわけだが、その彼がこう尋ねた。

「二十歳のころに一度、あるお寺でご住職に見つかっちゃったことがあります。私が塔とか舎利塔とか、みんなが積んでいった石積みなんかまで熱心に触って歩いてたら、後ろからそっと『もらった分、善いことに使わなきゃいけませんよ』っておっしゃって」

「いやあ、やっぱりばれちゃうんですね。それでどうしたんです？」

「もう、かっこ悪くて、しばらくそのお寺には行けませんでしたよ。代わりに有名な彫像のある聖堂に行ってました。聖ペテロの像の足をつかんでずーっと、お祈りするふりをして」

「そこでは何も言われなかったんですか？」

「ある修道女の方が哀れんで、イースターのチョコレートをくれたんだけど、わかっててくださったのか、そうじゃなかったのかはわかりません」

「充電が終わったんなら、もう行きますか？」

「まだです、まだここの湧き水を飲んでないもの」

「それ、食中毒になりますよ。そのへんの水、やたらに飲むもんじゃないですよ」

「じゃあ、ホン先生は飲まなきゃいいんですよ。霊験あらたかな名水なのに」

ウニョンとインピョは、南山《ナムサン》公園にもよく行った。南山タワーを塔の一種と考えたわけではなくて、恋人たちがそこのフェンスにかけていく願かけの「愛の南京錠」を狙ったのだ。愛のメッセージを書いた南京錠は行くたびに増えており、量だけで見たら「塔回り」より充実していることもある。

「人の愛を盗んで生きるなんて……人の願いごとを盗むより卑怯なんじゃないかな？」

ウニョンが一人言を言ったときだ。

「まったくもう。自分のためじゃなく、公共の利益のためにがんばってるんだからいいですよ。見張っててあげるからちゃんと盗みなさい」

南京錠を一個一個裏返してぼんやりとメッセージを見ていたインピョが慰めた。インピョと二人で行くと、一人で行くよりは人目につかない。

「精のつくものでも食べますかね？」

「いいえ、一緒に来てくださっただけでもありがたいのに、もう」

「アン先生、人使いが荒いとかやってられないとか、平日に文句言わないで、土日に思いきり利用したらいいでしょう」

「それ、お金でくださったらいけない？」

「そうしましょうか？」

「学校のお金をいただくことはできないし、先生個人のお金は受け取れないし、悔しい」

「今週は漆入り鶏鍋をおごりますからね」

夕食を食べに行く道すがら、夜景は願いごとのように、愛のように、約束のように輝いていた。いつかは願いごとを盗む方ではなく、願いごとをする方になりたいと、ウニョンは車窓におでこをくっつけて外を眺めながら思った。

「ちょっとー、窓に顔の脂のあとがつくじゃないですか!」

しばらく優しいなと思っていたら、インピョのきついお叱りが飛んできた。

「ついてませんよ、ついてませんってば」

ウニョンは袖ですぐにあとを消した。ホン・インピョ、今に見てろよ。ウニョンがインピョをにらむとインピョはダッシュボードから脂とり紙を出してウニョンの膝に感じ悪く落とした。こいつ、そのうち一発、ぶちかましてやる。こんど困ってたら無視してやろうか。ほんとに、以前の私ならただじゃおかないんだけど……ウニョンは奥歯を噛みしめて脂とり紙を一枚出し、額をぎゅっぎゅっと拭いた。

黄金のような休みの土曜日が過ぎていった。

幸運と混乱

「ほんとにその書類、全部盗むの？」

パク・ミヌ〈本名より〈混乱〉と呼ばれることの方が多い三年生〉が不安そうに聞いた。

「考えてみろ。このキャンプ、二泊三日だろ。ってことは、このボランティア活動認定書一枚で三日も遊べるんだぞ。内申書のボランティア時間が不足してたからもう一回行くって、親に言えばいい」

「三日も、どこで食って寝るんだ？」

「どうにかなるもんだよ。びびるな。誰にも内緒で行けるとこがある」

「じゃあ、俺らが使う分だけ破ればいいじゃないか、何でそんなにいっぱい取るんだ？」

「残りは一枚三万ウォンで誰かに売るんだよ。おまえは黙って見張りでもしてろ。そこにいろよな、縁起でもない」

ク・ジヒョン（〈幸運〉と呼ばれている三年生）は自信満々だった。ミヌが見張っている必要もなかった。ジヒョンはボランティア活動認定書一束を先生のバインダーからびりびりと破り取った。その音にひやっとしたのか、ミヌが後頭部を触る。

「あーあ、こんなことしていいのかよ、知らないぞ」

ジヒョンが認定書を服の中にしまい込む。

「ソウルに戻ったら、おまえ、はんこ彫れよ」

「はんこまで捺《お》すのか？」

「はんこ捺してなきゃ役に立たないだろ」

「はんこ、何で彫るの？」

「消しゴム」

「俺がどうやってそれを彫るの？」

「おまえ美術部だろ。人気のない部活やってるやつは、元を取らなきゃ」

「おまえはどんだけ立派な部活なんだよ。ビリヤード部の正体って何なんだよ？　公式チンピラか？」

「何を言うか、国民的健康スポーツに向かって」

どちらもあまりイメージのいい部活とはいえない。それぞれ志望の部活に二度ずつ落ちて第三志望に入った二人は、ぶつぶつ言いながら宿舎に戻っていった。湿地帯を守るボランティア活動のキャンプに来ているのだが、二人とも、誰かが何度もはいた古いゴム長をはいて一日じゅうぬかるみの中を歩かなくてはならなかった。そこまではがまんできた。だが、宿舎に網戸がないのはちょっとあんまりじゃないか。虫除けバンドはもらったが効果はまるで疑わしく、蚊に刺されすぎて、もうどこがかゆくてどこがかゆくないんだかわからない状態で夜明けを迎え、認定書の窃盗という犯行を敢行したのだった。湿地は保護したいが、水虫も蚊も嫌だ。ただもうソウルに帰りたい一心だ。そのうえ、田んぼの鵜までがミヌを見るたび、なぜかひどく攻撃的だった。

「おまえにボランティア先を選ばせるんじゃなかったよ。俺がやればよかった。そうすりゃ、ここよりはずっと楽だっただろうに」

ジヒョンが隠しておいたタバコを取り出した。

「ガンになるぞ。そんなもん吸うなよ」

「俺はならないんだよ」

ミヌは、ジヒョンは本当にガンにならないかもしれないと思った。ジヒョンは、悪いくじは絶対に引かない。何だかんだ言っても、ジヒョンがつきあってくれるのは幸運だと思うミヌだった。

「あの二人は兄弟なのかな?」

夜の給食の時間、ちょっとの暇を見つけてサッカーをしている男の子たちを見ながらウニョンがつぶやいた。

「誰ですか?」

ジェリーフィッシュことヘヒョンが、ベッドからゆっくり体を起こしながら聞いた。学年が変わって三年生になったが、ヘヒョンはあいかわらず保健室に来て寝る癖が治らない。何のてらいもなく具合が悪いと言ってやってきては、全身の力をすっかり抜いてぐったりと伸びている。そんなに脱力できるなんてウニョンから見ても不思議なほどだったから、あきらめて放っておくようになった。この前の経験で、ウニョンに一種の親近感を持つようになったらしいが、三年生があんなに寝ててもいいのだろうか。ちょっとは受験生のふりぐらいした方がいいんじゃないかとウニョンはとても心配だった。競争になじめない動物らしくてかわいいのだが、それでもウニョンはヘヒョンをしょっちゅう起こした。

「あの二人よ」

二人の男子の間が、長く編んだ白っぽい髪の毛でつながっていた。本当の髪の毛ではないが、ぐにゃぐにゃした乳白色のゼリーみたいなものの束で。兄弟の間でもあんなのは見たことがないし、今ごろになって気づいたのが不思議だ。一人が守り担当でもう一人が攻め担当らしく、離れているときもかなり強く結ばれている。きっちり結った髪の毛がカラーの後ろから突き出した様子は、まるで昔の若旦那みたいだ。

「え？　〈混乱〉のこと？　いいえ、一人息子のはずですよ」

ウニョンの指先をたどってグラウンドを見ていたヘヒョンが答えた。

「背の低い方の子と仲いいの？」

ヘヒョンはしばらく返事しない。

「ミヌは、ヘヒョンのことけっこう好きだったみたいですよ」

彼女が休むからと自分も保健室についてきて、小さなタブレットでインターネットの講義を聞いていたスングォンが代わりに答えた。

「違うよ」

「そうだよ」

「違うって」

「おまえみたいに鈍感なやつにどうしてわかる？　何も知らないくせに。俺が好きだったことも知らなかっただろ」

「……」

この若僧たちはいったい何だってここで痴話げんかなんかするんだろう。ウニョンはちょっとイラッとした。

「もういいよ。ミヌは何組で、苗字は何ていうの？　どうしてニックネームが〈混乱〉なの？」

「八組のパク・ミヌです。えーと……あいつ、悪いやつじゃないんだけど、いつも何だかんだ面倒起こすんですよ。あいつが関わるとほんとに混乱するから、そう呼ばれてるんです」

スングォンも窓ぎわに来て答えた。

「でも悪い子じゃないですよ。ってか、優しいし親切だけどなー」

ヘヒョンが代わりに弁明した。

「だからー、おまえにだけ親切なんだよ」

スングォンがいきりたって言った。

「……例えばどんなふうに混乱させるの？」

ウニョンが、あんたたちもうちょっとやったら怒るよ、という声でまた尋ねた。

「軽い方だと、第二外国語の時間にね、みんな選択が違うから教室を移動するじゃないですか。それで八、九、十組が中国語とドイツ語の授業のときにミヌが教室を回って、七、

八、九組で席を変えろって間違って伝えたんですよ。結局七、八、九、十組の子たち全員が混ざって、先生が来てやっと収拾ついたんです」

「大した問題じゃないわね」

「そうですか？　大問題だったら先生が何かなさるつもりだったんですか？」

ヘヒョンが目をぱちくりさせた。

「ただちょっと、変わってるなと思ってね。じゃ、もう一人の子は？　何か知らない？」

スングォンは何か知っているのか、しばらくためらった。

「ほかの先生には言わないよ。まあ話してごらん」

「大量にものを盗んで、それからまた売るんです。学校よりは主に塾で盗むみたいで、電子機器とか、かけておいた服とかかばんだとか、何でも。スニーカーも何度か持ってきてたけど、あれはどこで盗んだのかな？　たぶんすごく高いものは避けて、あんまり問題にならないものだけ盗むんだと思います。一度もつかまったことなくて、それで〈幸運〉って呼ばれてるみたいで。太っ腹だし性格も悪くないからみんな告げ口しないけど、いつかは見つかるでしょうね」

「あ、その子か。私思い出した。羊羹くれた子。いつか、近所の店から羊羹十五本盗んできたんですよ、あの子。もらって食べてすっかり忘れてた」

餌をくれた人のことは憶えているのがジェリーフィッシュなのだ。よりによって羊羹ばっかり十五本？　ウニョンはしばらく、最近の十代の子の買い食いの趣味について悩んだ。だが、どっちにしろ羊羹が重要なわけではない。ウニョンはそこまで聞いて、二人をチェックリストに載せることにした。まだ深刻な状態ではないだろうが、二人の間にかかった髪の毛の放物線が何かのバランスを損ねていることは確かだと思われた。

「ほんとにはんこ彫らなきゃだめなのか？　スキャナでうまくデータにすればいいんじゃね？」

ミヌはジヒョンに押しつけられたジャンボ消しゴムを疑わしそうに眺めた。失敗した場合に備えて五個もある。

「本物の朱肉が乾いたときの触感ってのがあるんだ。触るとすぐにわかるんだって。スキャナなんて、そんなアマチュアみたいなことを」

ジヒョンが専門家仕様の精巧な彫刻刀セットも差し出した。

「これも盗んできたのか？」

「盗むなんて。これまでの収益金で買ったんだ。投資したんだから、ちゃんと彫れよな。ボランティア活動認定書が成功したら、簡易賞点確認証（生活態度などを賞点と罰点で評価する「賞罰制」に関する書類）も需要があると思うから。さ、学年主任の先生のはんこがきれいに捺してあるやつ、拡大コピーしてきたから、これも彫れ」

罰点がたまるとあきらめてしまう生徒が多いため、規定以上の賞点を与えるために先生たちが持ち歩くメモ帳がある。後で担任が生徒から集めてサーバに登録するシステムになっている。ミヌやジヒョンの場合はなかなか賞点が記録に残らない。賞点は罰点を相殺するために使われてしまう。まわりの仲間も同じだったから、簡易賞点確認証の需要があることは明らかだった。

「キャンプ場のはんこは大きいけど、学年主任のはすごくちっちゃいじゃん。いっそどっか遠い町のはんこ屋で作ってもらった方がいいよ。俺がどうやってこれを彫るんだよ？」

「ざっと似せて、彫ってみろよ」

ジヒョンはミヌの肩を一度もんでやると、ウェブマンガを見はじめた。読書室のこの部屋にはミヌとジヒョンしかいない。ミヌは机についたＬＥＤ灯の角度を悲壮な気持ちで調節し、本は全部上の棚に上げてしまった。すっきりした机に消しゴムと彫刻刀だけを置いて、ミヌは心の波を鎮めた。〈混乱〉は意外に手先が器用なたちで、その器用さはいつも〈幸運〉の励ましで最大限の可能性を開花させてきた。

どう見ても一生けんめい勉強なんかしてないのにまああの成績を取るジヒョンと、勉強しているのに試験のたびに混乱してしまうミヌは、似たような成績とくじ運によって同じ中学から進学してきた。中学、高校の六年間ずっと、二度を除いて同じ組だったのだから、たいへんな確率といわざるをえない。

「できたよ」

ミヌが彫刻刀を置くと、ジヒョンがカバンから朱肉を出した。

「捺してみるか？」

「うん」

「左側がちょっとつぶれてるだろ？」

「うん、そこだけちょっと浅めに捺してみ」

二人ははんこを近くから見て、大きな満足感を感じた。人間文化財ぐらいになってやっと感じるような、純粋で完璧な満足感だった。ジヒョンが小さな菓子箱にティッシュを敷いて、二個の消しゴムはんこを入れた。

「ミヌとジヒョンですか？」

インピョが二年生の教務室に常備されたカップを洗いながらちょっと考え込んだ。

「ええ。先生のクラスだったんですって？」

ウニョンが返事をせかした。ウニョンは正直、職員室が苦手だった。ゴシップ好きな国語の先生の耳がこっち向きに立っているのが見えそうだ。人類の耳の筋肉は退化したわけではないらしい。国語の先生には、どんなに小さな事件も実際よりはるかに土俗的・原色的に脚色する手腕があった。「押し倒して」とか「ちちくりあって」とかいった語彙をあんなに都会的なルックスの先生が好んで使うなんて、信じられない。何より、噂の中で、金につられる女として笑い者にされているのが嫌だった。本当は、インピョの方がウニョンの補助バッテリーとしてついてくるだけなのに。

「あの二人、いつも一緒なんですよ」

「どういう子たちなんですか？」

「すごい優等生とはいえないけど、ひどく悪くもないですよ。よく知らないから気になるんでしょ、アン先生は生徒とじかに接する機会が少ないから。あれぐらいの年齢の男の子はちょっと斜めにかまえてみせるもんですからね。みんながスングォンみたいに最初からしっかりしてるわけじゃなくて……そうだったらいいけど、ほとんどの子がしっかりしてくるのは、もっと後ですよ」

「そうですねえ、そういう問題なのかな。二人で何か、特に妙なことをやらかしたりしませんでしたか？」

「ええと……ジヒョンは、成人雑誌を何百ウォンか取って貸し出してて、ばれたことがあります。でも、そういうやつは毎年必ず一人はいるし、すごく悪質な雑誌でもなかったんですよ。ああ、それとミヌ、ミヌはちょっと大きいのがあったな」

「どういうのですか?」

「あいつ、ハムスターを学校に連れてきて迷子にしちゃったんですよ。何だってハムスターなんか連れてきたんだか……体育の時間に箱をちゃんと閉めて出たのに、終わって戻ってきたらいないんで、そのクラスの生徒がみんなでハムスターを探し回ってね。探して探してお昼になって、よそのクラスまで攻め込んで食缶をかき回したりして……もしかしてハムスターが食缶に落ちたかもとか言って、何でそんなこと思ったのかわかりませんけど。でも生徒たちが、ハムスターが入ったからって集団で食事を食べないもんだから大騒ぎになって、ミヌは六時間ぐらい泣いてたかな。結局、ジヒョンが他のクラスのゴミ箱から見つけたんだけど、ハムスターがどうやってそこまで行ったのかわからないんですよ」

「ハムスターが死ななくてよかったですね。小動物はびっくりしただけでも死んじゃうことがあるのに」

ウニョンは〈混乱〉と〈幸運〉について考えた。一緒だと事件を起こすし、でも一緒だからストレス解消にもなっている。まだ誰にも害を及ぼしたことはないし、ハムスターも無事だったからよかったといえる。もしかしたら、ほんのちょっと矯正してあげればいいだけなのかもしれない。

「あんたって、縮れ毛でさえなければけっこうかっこいいと思う」

午後の日差しで電気座布団みたいに熱くなったスタンドに座って、ヘヒョンがミヌに声をかけた。確かに聞こえていたが、ミヌは聞こえないふりをして「ん？」という表情でヘヒョンを見た。するとヘヒョンがもっと大声で言った。

「ストレートパーマとか、五分刈りとか似合いそう」

そしてハムスターみたいに口角を上げ、なおさらかわいい表情でミヌの目を見た。ヘヒョンみたいに背が高くて胸も大きい子があんなにかわいい表情をするなんて、しかもそれが似合うなんて、〈混乱〉はなおさら混乱してきた。去年、おずおずと声をかけたときは何の反応もなかったのに、今になって応えてくれたということなのか。それより、他のクラスの男子とつきあってるようだったけど、ひょっとして別れたのか。

「あ……次は、そうする」

初期の目的を果たしたヘヒョンが行ってしまうと、遠くから見ていたジヒョンが来た。

「ジェリーフィッシュが何て言ったんだ？」

「髪型、変えればいいのにって……」

そう言いながら頭がくらくらしていると、ミヌが答えた。

「チョ・スングォンとつきあってたんじゃなかったっけ？　似合いもしないやつが急におしゃれなんか始めたらたいへんだぞ。おい、しっかりしろよ。じろじろ見るな。女の子は頭の後ろに目がついてんだぞ」

「髪、切らなきゃ。俺、ストレートパーマは全然薬が効かないから」

「すぐ切ったらかっこ悪いよ。少なくとも二週間は待ってから、あいつに言われたのとは関係ないふりして切らなきゃ」

しかしミヌは、ジヒョンの賢明なアドバイスを右の耳から左の耳へ聞き流し、ただちに翌日髪をすっかり刈り込んでしまった。


「ほんとに髪の毛のせいかと思ったのよ」

ウニョンは困り顔で、ヘヒョンとスングォンに謝った。ヘヒョンはおもしろがって気にもしなかったが、スングォンは返事をしなかった。

「もおー、私という美人スパイ役ががんばったのに、見込みはずれだったんですか？」

下心もないジェリーフィッシュだけが保健室でぶらぶらしていた。

「ひどい縮れ毛はときどき妙な影響力を発揮するから、試してみようと思ったんだけど、はずれだったな」

ウニョンは途方に暮れていた。ミヌもジヒョンも縮れ毛だから、可能性としてはそれが最有力だったのだが。ミヌはたわしのような、手の施しようのない縮れ毛だし、ジヒョンはジュリアーノ・メディチの石膏像みたいだったんだけど……。

「髪の毛のせいじゃないなら、脇毛かもしれないですよね」

しばらく気まずい顔をしていたスングォンがそう指摘した。

「ん？」

「脇毛じゃないんなら、えーと、もっと微妙なところもあるし」

「うわっ」

ヘヒョンが何のことか気づいて大声を上げる。

「うーん、脇毛まで試してみて、それでだめならやめるわ。ビキニワックスまでやるつもりはないしね！」

ウニョンもうんざりだった。

「脇ですね」

インピョは断言した。

「えー、何でそんな自信があるんです？」

「おおむねそんなところでしょう。昔の説話などでもそうですが、脇の下はしばしば翼を意味しますからね」

「その知ったかぶりの顔、ほんとに嫌だわ。先生も最初は髪の毛だって言ってたのに」

インピョが読んでいた本をバンと閉じて立ち上がった。

「二人の間に何かあるにせよ、どうしてもそれを切っちゃう必要があるんですか？　干渉しすぎじゃないですか？」

「私も迷いはありますが、経験上、こういうのはらせん形拡散タイプなんですよ」

「らせん形拡散タイプ？」

「事故がだんだん大きくなるんです」

「らせん形に収まっていくこともあるんじゃないですか？」

ウニョンは自分でも気づかないうちに「ほんとにそう思ってるの？」という懐疑的な表情をしてみせた。インピョも「それはそうですね」とうなずいた。

「じゃあ私がそのあたりをそれとなく確認してみてから、また計画を立てましょう。意外と、他のことが原因かもしれないですけど」

インピョはずっと様子見だった。ウニョンが手を出しすぎなんじゃないかと思っていたのだ。ジヒョンはいつか、人生はそんなにラッキーなことばかりではないと気づきさえすれば持ち前の傲慢さを捨てるだろうし、ミヌはとても性格の良い子だから、今より落ち着きさえすればちゃんとした大人になりそうだ。まだ来ていないとしても、未来はいずれ必ずやってくるのに、どうして焦る必要があるだろう。インピョは、ウニョンの間違いを証明してみせるつもりで生徒たちのネットワークをこっそり揺さぶってみた。もう全部わかっていて、確認のために聞いてみるだけという態度で臨むことが大事だ。初めのうちは引っかかる者はいなかったが、やがて、大きなじゃがいもがごろごろ実った蔓みたいに引っかかってきた。

「まだ買ってないですけど」

「まだって、買う気があったのか?」

何をかはわからないが、インピョは知っているふりをした。

「いいえ、ないですよ」

「いくらなんだ?」

「三万ウォン」

「何種類あるんだい?」

「作ってるところなんですって。まずはボランティア活動認定書と、賞点確認証」

　ははあ、大したもんだ。インピョは呆れた。事実を告げた生徒がフナのように目を大きく見開いて処分を待っているので、すぐに帰らせてやった。

「おまえ、これがどんなにたいへんなことかわかってるか？　理解してるか？」

　インピョは消しゴムはんこを触りながらミヌを見おろした。ミヌはまっ赤になって返事をしない。固い縮れ毛が少し伸びている。ちょっと赤毛だった。

「ほんとにまだ売ってないか？」

「売ってないです」

　ようやく始めようとしていたところだったのだ。始めてもいないのにどうしてつかまったのかわからず、それでなおさら呆然としている。

「ミヌなあ、おまえ、こんなことする子じゃないのに。どうしてやったんだ？　ジヒョンにやらされたのか？」

「違います」

　いつも、なぜかみんなが自分をジヒョンの手下ぐらいに思っているのがミヌは悔しかったが、今は憤慨する余裕もない。

「困ったなあ、ジヒョンを呼んでおいで」

やがて二人の生徒が、どす赤い顔とどす青い顔をしてインピョの前に並んだ。インピョは静かに、眉毛剃りを二本置いた。

「眉毛を剃るんですか？」

驚けば驚くほど血の気が引いて青白くなるジヒョンが聞いた。頭の回転が早いジヒョンだが、ジヒョンもまた、なぜ呼ばれたのか見当がつかなかったのだ。めったに興奮しないインピョでまだよかったが。

「違うよ、二人ともシャツを脱ぎなさい」

「え？」

「この眉毛剃りで、脇毛を剃るんだ」

「はあああ？」

「うえー、嫌ですよ！」

しかしインピョはまばたき一つしなかった。インピョの表情を見た二人は、先生が冗談を言ってるのではないことを悟った。

「……先生、僕らが悪かったのはわかってますが」

「わかってますが？」

「でも、この罰は意味がよくわからないんですけど？」

「古代において脇毛は、奪われた翼を意味した。反逆者たちを捕えたら、たぎる油の釜に入れる前に、確実になきものにするために脇毛を剃ったんだ。この世にこんなに恥ずかしい刑罰はないだろうね」

インピョの創作にミヌとジヒョンはだまされてしまった。それもそのはずで、授業でも常に、昔はどうだったとかこうだったとか言ってはとんでもない罰ばかり与えてきたからだ。二人は本当に恥ずかしそうに脇毛を剃った。アンモニア臭のする男子生徒のもじゃもじゃの脇毛が相談室の床に落ちた。実はインピョとしてもあんまり見たい光景ではなかった。

だがインピョの予測は当たった。ミヌとジヒョンの脇の下がすべすべになってから一か月あまりの間、二人は入学以来最高に模範生だったのだ。ミヌは美術コンテストで入賞し、ジヒョンは一度も遅刻しなかったばかりか、ディベートの授業でも頭角を現した。

「でも、また伸びますよね？」

ウニョンが落ち着かない調子で尋ねた。

「やれることをやるだけですよ。能力外のことはどうしようもないでしょ」

インピョも二人のことを考えつづけているのは同じだが、そんな様子を見せたくなかった。生徒はただ従順であればいいと思っているわけではない。そうではなく、二人を分離してやることで彼らのフルポテンシャルを引き出せるなら、教師としてはずっとやる気が湧く。

「結び目がちゃんとしてなかったら、あの子たち、また妙なことをやるでしょうに」

ウニョンが神経質にスリッパを床にすりつけた。

「結び目ね……」

「いつもやってたことが、何で急にできなくなるんだ?」

ジヒョンがミヌを叱りとばした。

「俺はいつも通りにやったよ。おまえが書き取るとき間違えたんだろ」

ミヌはミヌで悔しかった。二人は熟練のカンニングパートナーだった。長い長いカンニングの歴史をともに綴ってきたといっても過言ではない。初めはアマチュアらしく、咳払いをしたり、太ももで机の足をたたいたりして信号を送っていた。だがばれやすいのが問題で、科目ごとに二十五項目もやるとももがしびれて辛い。そのため次は、机の上板のねじの位置をもとにして机の縦の辺を五等分し、コンピュータサインペンを置く場所を加減して正解番号を知らせる方法も使った。疑われそうになったら、耳の後ろに指をはさんだり、足をペダルのように動かして臨機応変に対応したこともある。これらすべてを可能にするためには良い席の確保が重要であり、その過程で二人以外の参加者が加わってくることもあった。

「じゃ、最初から一科目ずつ分担して勉強しようや、な、俺たちの成績は似たようなもんだし」
三、四人までならいい話だった。だが、一列全体で共謀することになると、お互いをあてにして誰も勉強してこないという最悪の事態が起きる場合もあった。そこでまたミヌとジヒョンは初心に帰り、他のメンバーは入れずに二人だけで一学期の期末考査をやってみることにしたのだが、ジヒョンが間違えて、ミヌが送った答えの番号を一個ずつずらして書いてしまった。
「俺のカンニング史上、こんな恥辱はないぞ」

「それより、もうやめようよ。ただでさえボランティア活動認定書の件をやりそこなって、みんなとの仲が微妙だよ。告げ口されるかもしれない」

ジヒョンも今回はミヌの言い分に同意するしかなかった。

「試験ももうすぐ終わるし、また民心を取り戻さないとな。じゃあ俺たち、ざぶとん盗みに行こうぜ！」

「ざぶとん?」

「もうみんな入試モードに突入してるじゃん。合格祈願の幸運のざぶとんはやっぱ、女子校のざぶとんだよ」

「どうせ男女共学なんだから、ちょっと離れたクラスの女子のを盗んでくる方が簡単じゃないか?」

「それじゃすぐばれるだろ」

次の日の下校途中、ジヒョンは同じ区にあるL女子高校の前に悲壮な覚悟で立ち、校舎を見上げていた。M高校より蛍光灯の色が青白い。白色電球を使っているためらしく、それでいっそう劇的に感じられた。ジヒョンはゆっくり、規則正しく深呼吸すると、爆竹を一束ミヌに渡そうとした。

「また俺だけつかまるんじゃないのか?」

「じゃあおまえが入るか?」

「いや……まあ、外にいる方がましだな。爆竹くれよ。ライターも」

「俺が戻ってこなかったらそれが形見と思って、持っててくれ」

「三百ウォンのライターで何かっこつけてんだよ」

ジヒョンと、ジヒョンがどうやってそそのかしたのか、クラスでもすばしっこいことで有名な六人が二組に分かれて、それぞれ校舎の両端の玄関を上っていった。ミヌは彼らが階段を上る時間を計算して、しばらくじっとしていた。指で爆竹の芯を押さえながら。

伝統飾り結び工芸部の部長、チョン・アリョンは、漢文の先生と保健室の先生に飾り結びの特訓をしてくれと言われてちょっとめんくらっていた。この部活は本を参考に、ひそひそおしゃべりしながら、きれいな色の糸を様々に取り合わせて結んでいく平和な時間を楽しむもので、顧問の先生さえあまりのぞきに来ないので、二人が入ってくると生徒たちがざわめいた。何でこの先生たちが？

「蝶々結びを教えてあげましょうか？」

「いや、そういうのじゃなくて、士大夫《したいふ》がつけてるようなのを教えてくれ」

「し、士大夫ですか？」

「うん、主に男性が使うの、あるでしょ。官吏としての運気上昇とか、立身出世を表すとか、そういうの。恋愛運のお守りみたいなのじゃなくて、完全に自分のためのもの。他の人のとからまらないで、自分の内面を守るような結び方」

「できるだけ個人的で独立的なのをね」

ふだんは何かに惑わされたみたいにぼーっとしてる保健室の先生が目を輝かせて質問し

てくるのも、けっこうめんどくさい。でもアリョンは二人の妹のお姉さんで、まだ小学生の下の妹に飾り結びを教えてやったことがあったので、まさか小学生に教えるより難しいことはないだろうと思いながら説明を始めた。

「これは耳飾りにできるこま結びです……そして、ザリガニの目結びとカニの目結びの違いはこうです。では、次はさなぎ結びをやってみましょうか？」

インピョが両手にピンセットを一つずつ持ち、細い糸をあれこれ取り合わせて縒《よ》っていく。だがウニョンは何個か作ると机に突っ伏してしまった。そして、生徒が聞いていないときにインピョに囁いた。

「ホン先生、私、これ、できません。これより銃持って戦う方が性に合ってる。どこがどこと交差してるんだか、どれとどれの間にどれを入れるんだか一つもわからない。私はファイターなの。こんなの無理」

その言葉にインピョは声を上げて笑った。

「いつも自分のこと、どっかの女戦士だと思ってるでしょ？　そんな女戦士のイメージはアン先生の頭の中にだけあるんであって、実際に他人が見たら、おもちゃを持ってばたばたしてるだけだと思いますけど？　何でいつもあんなにお尻が引けてるんです？　ちょっとは運動なさいよ。剣道でもやるとか、射撃をちゃんと習うとか、それもだめなら筋トレでもいいし」

「それじゃ私、運動しに行くから、これは先生が一人でやるっていうのはどうですか？」

他の生徒たちの作品を見てやっていたチョン・アリョンが戻ってきた。二人の作品をチェックしてみると、保健室の先生の意志がくじけたことがはっきりと作品に現れている。

「今日はここまでにしましょう。その代わり、次の時間には雄の蝶々結びとセミ結びまで完成させます。セミ結びは難易度が高いですよ。かんぬき結びとザリガニの目結びとカニの目結びが混ざったもので……」

ウニョンはそれを聞くだけで気が遠くなりそうで、集中してちゃんと耳を傾けているインピョを見ながら、この人、前世ではとびきりおしとやかな身分の高い女性だったんだろうな、私はそのへんの一般人だよねと軽く落ち込んだ。


ジヒョンの動体視力は卓越しており、スピードを落とさなくても、走りながらでもざぶとんのありかをしっかり見きわめることができた。教室の後ろのドアから入るや否や空席のざぶとんを完璧に把握し、最も効率的な動線で奪い取ると前のドアから出ることができた。ベルクロで止めるのが多いので楽でいい。リボンがすごく固く結んであるのはぱっと見てあきらめる。塾に行っている子が多いのか空席が多く、残って勉強していた女生徒たちも、嫌がるというより、おもしろいイベントだと思っている子の方が多かった。廊下の遠くから先生たちが叫んだりホイッスルを吹き鳴らす音が聞こえるたびに、小さな笑い声がさざなみのように広がっていった。さらには何人かの子は、自分が敷いているざぶとんを差し出してくれた。

「電話番号も聞いていい？」

女の子が笑いながらかわいいメモ用紙に書いてくれた。

「入試が終わったらクラス合コンしない？」

黙って笑っている様子がかわいい子だった。ジヒョンは返事を待たずに、急いで走って次の教室へ向かった。

その教室には妙に人がいなかった。この組で最後にしようか。他の階にも聞こえるように大きく退却のハウリングをしながら、ジヒョンはざぶとんをひったくった。

「そのざぶとん、」

窓際に一人で座っていた女の子が驚いて止めたが、ジヒョンには全然聞こえておらず、もう前のドアから出ていくところだった。

「死んだ子のなんだけど……」

「八組ってあの二人のクラスでしょ？　何人ですか？」

「全員です。夜間自習で残ってた十六人がいっせいに泣いてるんです」

「どうして？」

「聞いても答えないんですよ。アン先生がごらんになった方が良さそうです」

「ちっ、わかりました行きます」

ウニョンは白衣の後ろに剣と銃をさした。残って、来週に行う性教育の資料を作っているところだったのだ。何で私は学校で働きたいなどと思ったんだろう、本当に直感ってやつは役に立たないとぶつぶつ言いながら三年生の教室へ行った。

壮観だった。壮観といえば壮観だった。

ふだんは「もう自分は完全に大人ですから」とか「うちら、いちばんしんどい年齢なんだから、仏頂面以外は見せてやらないよ」とでもいわんばかりの顔で幽霊みたいに歩いている三年生の連中が号泣しているのだった。体を前後にゆすり、机も椅子も投げ出して床に座り、ひどいのは服を脱ぎ捨てて泣いている。

ウニョンはそのただ中に入っていった。他の学校の制服を着た女の子がいた。しゃがんだまま、ジヒョンが敷いているざぶとんの角をぎゅっとつかんで泣いている。

「このざぶとん、どっから持ってきたの？」

ジヒョンも泣いていて答えられなかった。ミヌが泣きながら窓の外を指差してみせた。意味のない手振りだったが、ざぶとん狩りがあったんだなということはだいたい想像がついた。女の子がさらに大声で泣き出した。

生きてるだけでも必死な年齢で死に、死んだことにもまったくなじめないまま、思いもよらないところへ無理に連れてこられた子だった。目の前でその子の服が破れ、体のあちこちにあざができ、血を吐いたり、顔に斑点までできていく。絶えず変化しながら泣いているのだ。その変化を見ているだけでは、なぜ死んだのか想像もつかない。ウニョンはこういう死が嫌いだった。早すぎる暴力的な死に方だ。そういう死を見るのが嫌で職場を変えたのに、やっぱりまた見てしまった。慟哭の同心円の中に座って取り乱している女の子に声をかけようとしてみたが、通じなかった。

今回は本当にあんたたちが悪い。知らずにやったことだとしてもね。この子を連れてきちゃいけなかったんだよ。そもそもざぶとんを盗むこと自体とんでもない時代錯誤だけど、何だってまた……ウニョンは腹が立ったが、他に手はない。たたむとアイスクリームコーンほどの大きさしかないウニョンのプラスチックの剣が、そっと女の子を引き切った。

泣いていた生徒たちが気を取り直す前に、ウニョンはジヒョンの椅子から手荒にざぶとんをつかんで取り上げた。ざぶとんを燃やしている間じゅうずっと、心が重かった。

脇毛が伸びるまでの時間。飾り結びで結べるくらい伸びる時間。ぼうぼうに伸びて、その結び目が埋もれて目立たなくなるくらい長い時間。

そんな時間を過ごしているうちに入試は終わった。

「これじゃあの子たちに逃げられちゃう」

ウニョンが焦りはじめた。

「最大のチャンスが残ってますよ。これから個別相談の時間だから。そのために私、二年生の担任なのに三年生の進学相談の補佐役になるって申し出たんですよ。表向きは進学率向上への意欲が湧いたってことにしておいたけど、変だと思われただろうなあ……絶対、成果を上げないと。最後に飾り結びの予行演習をしておきましょう」

インピョがピンセットと糸を持ってきた。どんなにやってもインピョのようにきれいにはできないが、ウニョンも今やかなりそれらしい飾り結びを作れるようになっていた。毎週末、特訓したのだ。

飾り結びが一定のレベルに達してからは、〈幸運〉と〈混乱〉をどうやって黙らせるかをめぐって意見が紛糾した。ロープ、睡眠導入剤、その他忌まわしい人権侵害的な方法を検討した末に、ウニョンが打ち明けた。

「先生、私、デコピンで人を気絶させられるんですよ」

「指一本で?」

インピョは内心ものすごく驚いたが、それを顔に出さないように苦労しながら聞き返した。

「エネルギーをしっかりこめてデコピンしたら、気絶したんです」

「しょっちゅうやってたんですか?」

「いいえ、一回だけです。だから言わなかったんです」

「一回だけって、いつ?」

「大学生のときです」

「誰を?」

「酔っ払いですよ。電車で触られて、思わず」

ウニョンは十年あまり前に電車で痴漢の額を指で突いて倒し、「三号線の怒りのデコピン女」となった思い出をインピョに告白した。ネット上に写真が残っていなくてよかった。

「決戦の日だ」

ジヒョンが教室の後ろの鏡の前でワックスを塗りながら悲壮な顔で宣言した。前髪を触るその手つきは、まるで至高の境地に上りつめた匠の手さながら。ミヌはまだ乾いていない髪で、匠の手を待っている。ジヒョンが昨日から、ワックスをよくきかせるなら絶対、半乾きのときにつけなくちゃいけないと強調していたからだ。ミヌとジヒョンを含め、今日に限っていつにもなく輝いている、むさくるしい半乾き男子が十七人。今日こそ、ざぶとんを盗んだL女子校とのクラス合コンの日なのだ。

「さあ、さあ、あんまりまじめくさった顔してないで、思いっきり遊ぼう。どうせ浪人になっちゃったらどうしようもないんだから」

ジヒョンはそう言いながらも、自分だけは浪人しないだろうと確信していた。緊張していないふりして緊張した男子たちが、香水代わりに布用の消臭スプレーを吹きつけまくってきたせいで、やがて教室の空気がむずむずしてきた。

「人数はちゃんと合ってんのかな?」

ミヌが不安そうに聞いた。ジヒョンはちょっと悩んだ。

「うん、まだ確定はしてないんだ。へたすると四人ぐらい足りないかもしれない……おまえ、あの学校に小学校の同級生がいるんだろ? その子に、友だち連れてこいって言えよ」

「俺の頼みなんか聞いてくれるかなあ」

ミヌはいったん元同級生にメッセージを送った後、もしかしたら来ないかもしれないので、二番手、三番手、四番手の子にも同じ内容のメッセージを送った。

「あ、そうだ、漢文の先公が今日、おまえと俺にちょっと来いって言ってたんだ。二年生の担任のくせに、いきなり何の騒ぎだろうな」

ジヒョンがぶつぶつ言ったが、ミヌは実はインピョがわりと好きだったので、すぐに相談室についていった。二人が座るや否や、後ろに立っていたウニョンが飛び出してきて、二人同時にこめかみを弾いた。軽やかな音とともに二人が椅子からすべり落ちるのをインピョが取り押さえ、毛布に寝かせた。

「始めますか?」

インピョがピンセットを持った。

「もう目が覚めるころなんだけど」

ウニョンが久々に養護教諭としての義務を果たすべく二人の脈を取った。二人の生徒の両方の脇毛に、しっかりと飾り結びを施した後だった。難易度の高い四種類の結び方だ。エネルギーが漏れ出さないように、きっちり引き締めて結んである。飾り結び自体もさることながら、服を脱がせるのが並大抵の苦労ではなかった。〈幸運〉のきっちりしたジャケットとシャツも問題だったが、〈混乱〉の方は重ね着したティーシャツの中に発熱インナーまで着込んでいたのだから。それを全部元通りに着せてぐったりした体を椅子に座らせても、二人はまだ目覚めなかった。

「もうちょっと経ってから、大声で起こせば起きるでしょ」

ウニョンがなぜか気乗りのしない顔で、自分の爪の中が汚れてないか調べながら言った。

「もうお行きなさい。後で、新しくできた火鍋の店に行きましょう」

インピョが手の甲で汗を拭った。冬なのに、これはまた何ていう汗だろう。グラウンドを見ると雪が降っていた。激しい降り方ではなく、さらさらした粉雪だ。半日授業を終えた三年生の群れが、牛乳パックを蹴って時間つぶしをしている。いつもはさっさと帰っていく三年生たちが、今日に限って大勢残っていた。

「さあ、それじゃ」

スチールの机がよく響くように足で蹴りながらそう言うと、二人の生徒は目を開けた。ちょっとぼんやりした顔だった。

「志願先はどの大学だったたっけ?」

上の空で進学相談に入ったインピョは、なぜかかなり真剣になってしまった。おかげで二人は意識を失っていたことに気づかなかった。

めんくらいつつ目を覚ましたジヒョンとミヌがとうてい想像もできなかったのは、校門の外に押し寄せている五十人もの女子高生だった。ミヌの小学校の同級生たちが活躍しすぎたために、男子の三倍の人数が募集に応じてしまったのだ。

インピョと二人の生徒より先に女子生徒たちを発見したウニョンがため息をついて静かにブラインドをおろした。

「もう知らない。頼むから早く卒業しちゃって」

ネイティブ教師マッケンジー

二年生から三年生になるときになぜか体力ががっくり落ちてしまったソナは、干した高麗人参を母さんが薄く切ってくれたものを口の中でころがしながら、坂道を上っていた。

「あーあ、どこのどいつが山のてっぺんなんかに学校を建てたんだろ」

もちろんM高校はそんなに高いところにあるわけではないが、受験生の体力なんてそんなもんだ。高麗人参はまだふやけていなくて固い。口になかなか唾液がたまらないほど体調が悪いのだ。昨日、夜間自習の時間の終わりにちょっと突っ伏していたときにはうなされてしまった。なぜかそのまわりで女子が三人、ソナが本当に寝ているのかどうか無駄な討論をしていた。

「この子、ほんとに寝てんのかな」

「ちょっとつっついてごらん」

「少しは気がついてるみたい。聞こえるのかな、うちらの声」

このバカ女ども、寝てないってば！　ソナは体をバッと起こしたかったが、後頭部が押さえつけられているようで身動きもできない。全身がぴくりともしなかったが、悪夢にうなされて動けないことはしょっちゅうあるので怖くもなかった。むかつくだけだ。二十分ぐらいそうやっていただろうか、とうとう休み時間になり、隣の子が椅子を引くときにソナの体に触れてくれたので起きられた。

「あ、ありがと」

「何が？」

「またうなされててさ。もしかして私が寝てたとき、まわりに、噂話してる子たちがいなかった？」

「何言ってんの。担任がずっといたんだもん、誰もそんなことできないよ。うちの担任、私生活が存在しないんじゃない？　家にも帰らずに夜間自習につきあってるんだから。恋愛でもしたらいいのにさ……」

「顔がもう、ぱっさぱさだよね。恋愛なんて興味もないんでしょ。とにかくこの学校には幽霊がいるよ、ほんとに。家ではそんなことないのに、学校に来るとものすごくうなされるもん」

隣の子はとうとう信じてくれなかった。気が強いんだな。うらやましかった。ソナは朝から足をずるずる引きずっていた。何だか今日もうなされそうな気がする。もう遅刻確定のソナが若干あきらめて、またとぼとぼと坂を上っているときだった。

「グッモーニン、スリーピー・ヘッド!」

在韓米軍放送に出てきそうな声がソナに声をかけた。最近赴任してきた、ネイティブスピーカーの英語教師だった。英語幼稚園に通ったうえに文法と会話それぞれ別の塾に通ってきたソナだが、あっけにとられてしまった。

「何か、髪についてるよ。サムシン・イン・ユア・ヘア」

いつも、同じことを韓国語で一回、英語でもう一回言うネイティブの先生がソナの髪に手を伸ばした。授業を受けたことはないが、一年生の間ではかなり人気のある在米韓国人の美男だ。ソナはぼさぼさの髪をやたらとかきむしった。もう、あのカリフォルニア男ってば、何で朝から私の髪を見るのよ……。建物の間から低く分け入ってくる日差しに映えて、ネイティブの先生の日焼けした肌と、それと対照的な白くてきれいな歯並びがぴかっと光る。ソナは、くっついているといわれたものが手に触れないので、だんだん顔が赤くなってきた。

「僕が取ってあげますよ。ウェイ、ウェイ、レッ・ミー……オケイ、ダン」

ネイティブの先生は、すごいことをやった子が誉められたがっているような表情で手のひらを広げ、髪から取ったものを見せてくれた。角にトゲトゲがついた、乾いた種だった。やぶの中を通ってきたわけでもあるまいし、こんなものがどうしてくっついたんだろう。とはいえソナは、恥ずかしいことじゃなくてラッキーだったと思った。

校門で服装指導をしていたインピョは、出勤してくるマッケンジーと目が合うと、軽くあごをしゃくるようにしてあいさつした。前のネイティブの先生は四十代前半のカナダ人だったが、カナダ男性との結婚についてどう思うかと女生徒にしきりに聞くなど不適切な言動のために解雇された。そこで今回は英語の先生全員参加のもとに入念な面接を行い、その結果、選ばれたのがマッケンジーだった。それでも心配だったのか、インピョまで呼ばれて最後の面接が行われた。もう一人の最終候補はニュージーランド出身のすっごいへルシー美人だったが、面接に来た日、えーと、どう言ったらいいか、すっごいノーブラだったのだった。ニュージーランドでは自然なことかもしれないが、まずは教師であるインピョの目もしきりに引き寄せられてしまうので、思春期の子どもたちをこの西欧的な健さの前にむき出しにしておくことはできないという結論に達してしまった。後でその話を聞いた保健室の先生が不満そうに、ブラジャーは乳がんを誘発するのだから、生涯かけて一つの運動だけに身を投じるならノーブラ運動だと言い出し、今から自分も実践すると言って猛反発を見せたのだが、そのようにしたら同様のインパクトがあるであろうかというのがインピョの秘めた思いであった。

「名前だけ聞いて、完全に外国の人なのかと思ってました」

「ああ、母が再婚したからです。私まで無理に名前を変える必要はなかったんですが、変えたら向こうで生きやすくなるんじゃないかと思って。今になってみると、本当にそうだったかどうかよくわかりませんけれども」

「韓国語もすごく上手ですね。生徒たちには、授業時間以外もできるだけ英語で話してやってください。韓国語はあまりわからないふりをされた方が楽だと思います。えーっと、それから、おっ？　軍隊にも行かれたんですね？　行かなくてもよかったんじゃないですか？」

「実はちょっと私がグレてたときがありまして。育ったのが良い地域ではなかったので……それで母が、心を入れ替えてしっかりしろというつもりで、軍隊にやったんです」

「で、しっかりしましたか？」

年配の落ち着いた英語の先生が、笑いながら尋ねた。

「いえもう、ものすごく殴られて。でも韓国の方がずっと、遊ぶには楽しいです。もっといっぱい遊んでから帰りたいと思って、志望しました」

この正直な言い方にはちょっとためらったが、おじいさんの名言を思い出してすぐに決心した。おじいさんは、遊んだやつは大きな事故は起こさないと言っていた。


インピョと違ってウニョンは、最初からマッケンジーが気に入らなかった。ウニョンは簡単に人を嫌いになったりしない。人間が好きな方ではないが、人を嫌うにもエネルギーがいるし、そんな余力はないからだ。だがマッケンジーは何となく気に障った。

マッケンジーはしょっちゅう保健室の窓の前を通り過ぎた。最初は、彼の子どもっぽい歩き方、つまりあの、うろうろしては体をひどく傾ける様子が嫌だからかと思っていた。だが、もう少し詳しく見ていくとそうではなく、エロエロエネルギーが一つも感じられないのが問題なのだった。

「だめだこりゃ。あいつ偽物！」

ウニョンは思わず口に出して叫んでしまった。そんなことはありえないはずだ。ウニョンがウニョンだけにできることをやれるようになって以来、一度もそんな人間は見たことがなかったのだから。お坊さんも牧師様も、泌尿器科の手術患者も九十代の高齢者も一歳の赤ん坊もみんなエロエロゼリーを吹き出すのに余念がないのに、あの性格の悪いインピョ先生ですら、ぼーっとしているときに見てたらむくむく吹き出してるのに、マッケンジーみたいな二十代の青年にないわけがない。本当にそうだとしたら、すごく大きな問題があるのだ。表に出ていないだけで、大きな悪い問題が……ウニョンはエロエロパワーへのものすごい確信の炎を燃やしながら、ちょうど通りかかったマッケンジーをにらんだ。マッケンジーがウニョンの方を振り向いて、にこっと笑った。ウニョンは笑い返してやるタイミングを逃してしまった。

ファン・ユジョンは四階の一年生の教室の窓ぎわで、マッケンジーが男子たちとバスケットボールをしているのを見つめていた。バスケコートは窓の真下ではない。グラウンドの遠くの方なのだが、好きな人のものは何もかも、汗の一しずくまでよく見えるという事実はびっくりするほどだ。

好きな人。

ユジョンは口の中でその言葉をずっところがしてみた。好きな人。マック先生、好き、好きです、先生、先生が好きです……。口の中にあるときはこんなに甘くて完璧な言葉なのに、昨日、部屋で一人で言ってみたときは声も発音も本当にばかみたいだった。たぶん誰にも、最後まで、言えないだろう。他の子たちはあんなに気軽に言うのに、ユジョンが言うと気分の悪いジョークとか、ひどいときには攻撃とまで受け取られるのだから。

学校はいつもぞっとするようなところだった。この学校だけでなく、小学校のときからずっと。何度も自主退学を考えた。小学校のときはアトピーのせいで、中学のときは体質に合わないシャンプーのせいでちょっと頭皮の角質がはがれていただけなのに、「汚いフケ女」と言われていじめの的になった。高校に入っても標的であることからは逃げられなかった。標的になっても何ごともなく抜け出せる子も少しはいるが、ユジョンはそうではなかった。意地悪な子たちも嫌いだし、親切にしてくれる子たちも嫌いだった。自分の内面が壊れていることはわかっていたけれど、ただもう、一人でいたかった。両親がもう少し柔軟な人たちだったら一人でいさせてくれただろうが、不幸なことにそうではなかった。

ユジョンの出席日数はマッケンジーのおかげで正常値に近づいていった。実はユジョンは、先生を好きだと言う女の子たちのことをばかみたいだと思っていたのだが、今や自分がその一人になってしまった。ネイティブの先生はまあ、正規の先生でもないけれど。

どうしてこうなったかというと、マッケンジーがユジョンの前髪をかき上げてかわいいと言ったからだ。

かわいいだなんて、そんなありがちな言葉。聞きたいと思ったことは一度もない。そんな言葉で参っちゃったわけではない。経緯はちょっと違っていた。あのとき、クラスの男子何人かが、英会話の時間にユジョンとペアになるのを嫌がり、後回しにするという質《たち》の悪い嫌がらせをやっており、マッケンジーも他の先生と同じように見て見ないふりをすると思っていた。ところが彼はその代わりに、元気一杯の大股で隅っこのユジョンの席まで来た。そしてチョークのついた手をズボンでさっと拭いて、手の甲で優しくユジョンの前髪をかき上げて目を見た。あんなに悪意なく、いたずらっぽくほほえむ目は初めてだった。教育的効果を狙ったやらせではない。そんなことを考えている目ではなかった。本当にユジョンを見て笑っていた。ユジョンが驚いて何も言えずにいるとき、マッケンジーはもう他の子たちの方を振り向いて、こう言っていた。

「おまえらはみんなばかだ。シー・ザ・ポテンシャル！　ユジョンはこんなにかわいいのに。肌もすごくきれいだし、目鼻立ちのバランスもすばらしい。何でポテンシャルが見えないんだ？　大学に行くころは、ユジョンがキャンパスでいちばんきれいになって、おまえらはものすごく後悔するだろう」

誰もマッケンジーの熱弁をまじめに聞いていなかったし、肌がどうしたとか、目鼻立ちのバランスだとか、そんなのって先生の言うべきことではない。だがユジョンだけは、マッケンジーが話している間ずっとショックのただ中にいた。誰かがまっ正面からしっかり見てくれたのがいつ以来だったか、思い出せない。他人の意見や噂や雰囲気に負けず、自分だけの判断をしてくれたことも。たとえその判断がちょっと間違ってるみたいではあってもだ。ユジョンがいつかきれいになって愛される日は永遠に来ないだろう。内側も外側もめちゃくちゃなのだから、そんなことは生まれ変わって初めて可能になるだろう。けれどもマッケンジーが話しているときだけは、ユジョンさえしばらく信じたほどだ。詐欺でもいい。だまされていたい。前髪をかき上げられた瞬間、そんな本音がすべてばれてしまったようだった。誰かがユジョンのために勇気を出して嘘をついてくれたことで十分だったし、そのうえものすごくうまい嘘だった。しっかりと堅固で、しかも表面はすべすべの何か。そんなものを連想させるような嘘だった。

また廊下ですれ違ったとき、マッケンジーがユジョンを見て言った。

「ゲット・ア・ヘア・カット。ドン・ハイド」

ユジョンは本当に前髪を、ほんのちょっと切った。ばっさりは切れない。他人は気づかない程度だったが、髪を洗うときに軽くなった感じがした。いつもの首と肩の痛みがやわらいだような気がした。

「ミスタ・ホン！」

インピョがお昼を食べて戻ってくると、生徒たちとバスケをしているマック先生につかまった。一緒にやろう、一緒にやろうと熱烈にジェスチャーするので呆れてしまう。どいつもこいつも何で、僕の足が不自由なのに気づかないふりするんだろう。バスケができるぐらいなら、僕がこんなことになってるかよ？　インピョはちょっと離れて、すばやく頭を引っ込めて拒絶の意思を表した。ネイティブ教師は外国人みたいに眉毛を下げて残念だという気持ちを表すと、自分も生徒たちの間から抜け出してきた。

「ワン・モア・ゲーム、ワン・モア・ゲーム」

生徒たちは引き止めようとしたが、マッケンジーは軽やかに階段を上ってきた。

「ごめん、行かなくちゃ。ガーデニングタイム」

最初、マッケンジーが自分から園芸部の顧問を買って出たとき、教師たちはもちろん生徒たちも、誰かが無理に押しつけたんだろうと思った。契約職の教師が部活の面倒を見るケースもあまりないうえ、どう見てもマック先生に園芸部は似合わなかったからだ。毎年、部員数がまったく基準に達しない園芸部をつぶさないために学内規定が変えられたという噂は事実に近かった。しかし、マッケンジーがヒップホップスタイルで頭にタオルを巻いて、並はずれた熱意を持って学校の前の花壇も後ろの花壇も全部掘り起こし、見たこともない品種の花を植えはじめると、みんなもまじめに受けとめるしかなくなった。個性的なネイティブ教師を、学校全体が認めていた。

ジェリーフィッシュはくんくんと、久々に訪れた保健室の匂いをかいでいた。

「懐かしかったんです、この匂い」

「あんた、何でこんなにしょっちゅう出没するの？　卒業生が何度も来るの、かっこ悪いよ」

ウニョンは親しみをこめて彼女をやりこめたが、ヘヒョンの後ろに暗いしっぽがついているのを見て、それ以上は言わなかった。

「スングォンとは別れたんです……」

ヘヒョンも隠さず、ふっと打ち明けた。ウニョンは理由を聞かなかった。高校時代のカップルが大学に入った後も気長につきあいつづけるケースはあまりないし、ヘヒョンみたいに無邪気な生物が恋愛を長続きさせるのも難しいだろうと思われる。スングォンはほんとにいいやつだったけど、どうしようもないことだ。ジェリーフィッシュが、彼女らしくもない悲しみに揺れているのはかわいそうだった。

「先生、タロットのお店に行きませんか？」

「あんなの嘘ばっかりだよ」

「えーん、先生がそんなこと言うのおかしいでしょ」

「全員じゃないけどほとんどは、他にやれることのない詐欺師がやってるんだから」

「違いますよー、うちの大学のそばに、冗談じゃなくてほんとによく当たるおばさんがいるんですって。先生なら、そのおばさんをぱっと見たら、何か見えるんじゃないかな」

「嫌だよ。何で私があんたと……」

その瞬間、ヘヒョンの耳がだらんと垂れるのが見えたので、ウニョンは心が揺れてしまった。

荷物を持って玄関から出ようとしていると、インピョと出くわした。

「あ、ヘヒョン来てたのか。アン先生、私たちこれからマグロ専門店に行くんだけど、一緒に来ませんか?」

ウニョンはマグロという言葉にごくんと唾を飲んだが、生徒のことを優先する良い先生になろうと決意していたので、冷静に断った。インピョの顔の上に「どうしたんだろ、彼女がマグロを断るなんて」というテロップが流れたため、ウニョンはちょっと気を悪くした。気持ちが顔に出る男だなー、と。

上から下まで先生一同を全員誘って、インピョはマグロ専門店に向かったが、その中にはマッケンジー先生も入っていた。他の先生たちが、一言ずつ英語で話しかけてみろと言ってくすくす笑うので、そう言われた英語の先生たちは気まずい雰囲気になる。

「どれくらいグレたら、お母さんが軍隊に送るんですかね？」

マグロの刺身の上にかいわれをきちんと載せながらインピョが尋ねた。マッケンジーはもう酔っていた。

「実はそんなに大したことじゃなくてね、大麻をやってて母に見つかったんですよ。あれはむこうじゃ、誰でも一度や二度は興味本位でやってみるもんですからね。その後は一度もやったことありません」

マッケンジーはそこでしばらく黙り、インピョや他の先生たちの反応をうかがった。みんな、自分は堅苦しい人間ではないという顔で受け入れ姿勢を示している。するとマッケンジーがまた話しはじめた。

「何せ、住んでたあたりがお行儀の良い地域じゃなかったんです。本当にヤク中になった友だちもいたし、覚せい剤も手に入るようなところでしたからね。母が、環境が悪いと思ったんでしょう。軍隊では最初のうちは本当に嫌でしたよ。休めっていうから寝て休んでたらひどく怒られるし……でも、カンが働くようになってからは問題なく過ごせました。自分には韓国の方が性に合ってるみたいです」

他の先生たちがマッケンジーの背中をたたいて、韓国がどんなに良い国か講釈してやり、甘美な韓国の酒をざぶざぶ注《つ》いでやった。優れたアルコール分解酵素を持っているようには見えないにもかかわらず、マッケンジーは断らずに受けて飲んでいた。

ユジョンはマッケンジーのワンルームマンションの前に立っていた。来ちゃったな。来ちゃったよ。自分でも実感が湧かない。職員室で、ユジョンだけが持っているとびきり希薄な存在感を利用して、マッケンジーの住所を探り出したのだ。そこへ行って何をしようと？　ユジョンは目標もなくここまで来てしまった自分が情けなかった。それに、来てみたらどことなくがっかりした。想像していたカリフォルニア風マンションとはずいぶんかけ離れていたから。

貧乏なんだな、マッケンジー先生は。それも、すごく。

建物自体も古くてみすぼらしかったが、マッケンジーの部屋はその中でもいちばん小さく、日光が入らない北向きの一階だった。窓の外がすぐに分別ごみ箱なので、嫌な匂いも漂ってきそうだ。だけど、こんなところに住んであんなに白々と笑っているなんて、一方では驚くべきことでもある。不思議なほどしわのない笑顔だった。ユジョンはよく自分を、誰かが捨て忘れてくしゃくしゃになった領収書みたいな存在だと感じていたが、一度でもあんなふうにしわのない笑いを浮かべてみたかった。部屋の中のことがもっと知りたかった。

ユジョンは再生用衣類回収ボックスに這い上がろうとして足を滑らせた。高さが問題だったのではない。金属製だから冷たいのと、表面がざらざらしているので膝が心配だった。パーカーを脱いで敷き、また上っていくとこんどは成功した。けれどもお尻がしびれてきた。休み時間にも動かないので運動不足になるのは避けられない。あんまり痛くて思わず大声が出てしまった。人が通っていなかったからよかったけど。しばらくお尻をたたいたり、額を網戸にくっつけて中をのぞき込んだりした。

何もない部屋だった。床に置かれたマットレス、簡易洋服かけとミニ冷蔵庫、引き出しの代わりに使っているらしい収納ケース何個かでほぼ全部だ。しかも、旅行用トランクが開けっぱなしで置かれている。服はほとんどスポーツブランドで、ユジョンの目にもなじみのあるスニーカー何足かが見えた。英語の本が何冊かあったが、世界的なベストセラーで、そこから何らかの趣味を読み取ることは難しい。こんなはずはないとユジョンは思った。絶対、こんなはずはない。あんなに特別な人がこんなに平凡な部屋に住んでるはずがないのだ。受け入れられなかった。

ユジョンは指で網戸を押した。カタカタ揺れて茶色の埃が落ちた。だがそれだけで、見た目より丈夫だった。再生用衣類回収ボックスの上で、窓に背を向けて座り、足をぶらぶら揺らした。ばれたら、そして噂になったら起こりうることを思い浮かべてみた。何もかも最悪になるに決まっている。あの頭のおかしいファン・ユジョンが、マッケンジー先生の部屋の窓をこじ開けて入ったんだって、とみんなが騒ぐ様子を想像してみた。今までは言葉のいじめだったが、本当にぶたれるかもしれない。笑いながらぶつのか、笑わずにぶつのか気にかかる。ユジョンはもともと、人と接するのが上手ではなかった。生まれついてのこの顔が、なぜか人をあざ笑うような表情だといって誤解を呼んだ。フケよりそっちの方が深刻だったかもしれない。母さんや父さんがどんなに気をもんでも、どうすることもできない問題だった。いくらか経った後は実際に、群れて行動する他の子たちを鼻で笑っていたこともある。群れでいちばん弱い動物、群れがいけにえとして置いていく動物、最後まで決して群れに属することのできない動物は常に一定程度の比率で生まれるんじゃないだろうか？　そんなふうに生まれたのが私だってことを、なぜ認めてくれないの？群れから離れても放っておいてくれればいいのに。

ばれたら、こんどこそ本当に学校を辞めさせられるかもしれない。そう思うと心が軽くなった。ユジョンは筆箱からカッターの刃を取り出した。そして網戸を、大きくX字形に切り裂いた。

靴をきちんと外に脱いで床に降りると、失礼します、とユジョンはそこにいないマッケンジーを思い浮かべながらあいさつした。

店というより小さな箱と言った方が当たっている。その空間を所狭しと動き回っている触手たちを見ると、まるで偽物というわけでもないみたいだ。ウニョンの感嘆の表情を見てヘヒョンが笑った。ほーらごらんなさい、という顔だ。椅子に座ると足首に沿って触手が上ってきた。天井から降りてきたものが耳と首にやたらに触る。ウニョンはバッと払いのけたいのをぐっとこらえた。

いざ現れた占い師のおばさんはとても穏やかで優しい容貌をしていた。濃い化粧もしていないし、強烈なアクセサリーもつけていない。薄い色のリネンのブラウスを着ており、道で会っても、特殊産業の従事者らしき気配すらないほどだ。自分自身の触手に気づいているかどうかさえわからないくらいゆったり、のんびりして見える。さすが隠れた名人らしい。

「何が知りたいですか？」

「恋愛運、恋愛運です、きゃー！」

ヘヒョンがはしゃいで、先に見てもらうと言った。ウニョンの目には、カードを切るたびに一枚一枚がべたべたくっついたり離れたりするように見えた。

「……別れたのね？」

ヘヒョンがうなずいた。

「良い相手だったし、彼に匹敵するような人にまた出会うのも難しいけど、あなたの運命の人は四十人ぐらいつきあってやっと現れるわね。だからちょっとイマイチだなと思っても、根気強く人に会いつづけないといけませんね」

ヘヒョンはかぶりを振った。

「四十人ですか？　四十人なんて、いつそんなに会えるんですか？」

「合コンとか、紹介してもらったり、人がたくさんいる場に行ってごらんなさい。四十人というのは、主な人だけよ。軽くすれ違う程度の人まで入れたら百人ぐらい会わなきゃいけないかもしれません」

「それは多すぎます。十年後ぐらいにジャジャーンって会える人はいないのかな？　運命的に？」

高校時代にはせっせと恋愛をしていたのにもう飽きてしまったのか、ヘヒョンはそうぼやいた。

「ほんとにそんな運を持った人もときどきいるけど、あなたは違います。人を怖がらないで、いっぱい、いっぱい会いなさい。怠けたらだめよ」

ウニョンから見ても良い忠告だった。人を信じやすく情の篤い子だから、できるだけ多様な人に会って経験を積むことが必要と思われた。ヘヒョンが、それじゃいったい一年に何人会わなきゃいけないのと悩んでいる間にウニョンはそそくさと、恋愛運を見てほしいと言った。職業運を見てもらったらお互い困ったことになりそうだからだ。来月には水のある場所で何か収穫がありそうです、などという卦《け》が出てきたら、どうすればいいのか。

「運命の相手に会いましたね」

「え？　そんな人には出会っていませんが」

「そうですか？」

「わー、漢文の先生のことだ！　漢文の先生！」

「うるさいよ」

「運命の相手には出会ったけれど、強力なライバルがいます。誰か、その人をすごく強烈に求めている人がいます。気をつけないといけませんよ」

「うーん、さっきカードを切ったときに雑念が入ったんだと思います。一回だけ私が切ってみちゃいけませんか？」

占い師のおばさんはうんともすんとも言わず、またカードを集めて握り、ウニョンは丹念にそれを切った。人生がこんなにだるいのに、運命の相手までかったるかったらだめだよね……何分もカードを切った後、決然としてカードの束を渡した。

しかしカードがさっきとまったく同じに並んだとき、三人とものが言えなかった。カードが一枚置かれるたび、みんなが一緒にびくっと身震いする。同じカードが同じ場所にあった。占い師のおばさんもかなり驚いたようだった。

ウニョンは静かにお金を払って、小さな店を出た。強力なライバルだなんて、突然、何の準備もしてない戦いが義務づけられたみたいだ。

インピョは酒が嫌いだった。正確には酒が嫌いというより、泥酔する人たちが嫌いだった。先生たちとの会食は午後四時に始まるので、飲んでも飲んでも時計を見るとまだ七時半というのがお決まりだが、そのころにはもう嫌気がさしてくるのだった。ちょっとにしておけば気持ちよく飲めるのに、必ずちょっとを通り越して失敗し、言わなくてもいいことを言って翌日ぎくしゃくするのだ。先生だからといって例外ではない。ストレスがひどい職業なので、飲めば必ず限度を超える。超えないことは絶対にないのだ。なぜ人類はもっと優雅になれないのか。教養によって自制できないのか。僕がこんなにおいしいマグロの刺身をおごってるのに！

こっそり立ち上がって先に支払いをすませ、逃げ出すつもりだった。いつもそうやってきた。だからインピョが立ち上がるとみんな、見て見ぬふりをしてくれる。酒席に残るのが嫌いなのを知っているし、残ったところでイライラするのも知っているから、スポンサーだから、透明人間みたいにそっと出ていけるように気を遣ってくれるのだ。とはいえ礼儀上、用心深く姿を隠すインピョだった。

「先生、どこ行くんです?」

ネイティブ教師がトイレから戻ってくると、空気も読まず、靴をはいているインピョをつかまえた。

「楽しんでってくださいね。私はお先に」

「えーっ、私を置いていくんですか? みんなすごく酔ってるのに私一人でどうしたらいいんです。もうちょっといてくださいよおおおおお」

あんたがいちばん酔ってるみたいだけど、とインピョは困惑する。

「ああ見えてもみなさんちゃんと家にはたどりつけますよ。先生も適当なところで引き上げてください」

「ええーっ」

マッケンジーがホン先生の腕をつかんだ。やんわりと腕をほどくと、こんどはずいぶんと性急な感じでベルトをつかんでくる。インピョはちょっとあわててしまった。ベルトをつかむなんて? ぎゅっと眉間をしかめてにらむと、ネイティブ教師も驚いたのか、ベルトをつかんだ手を離した。

「すみません」

「いえいえ。楽しい週末を過ごしてください」

また人選ミスだったのかなあ。これからは、誰か採用するときもウニョンに助けてもらわないとだめかもしれないという気がし、そうなったらウニョンがどんなに恩を着せてくるか目に見えるようで、今から気が重い。いっそ家に帰って『史記列伝』を精読して、人を見る目を養った方がいい。軽く飲んで美しい古典を読むとはまた何と風雅であることか、この楽しさをみんなにも感染させられたらいいのに。


ユジョンが次の授業のためにロッカーから体操服を出したとき、体操服から変な匂いがした。安物のきつい酢のような匂いがひどくて、とても着られないレベルだった。横で自分の体操服を出していた子が軽蔑の表情を浮かべた。あんたってば、どんだけ汚い体をしてたら体操服からこんな匂いがするの？　まだ動いてもいないのに、と。

確かに先週洗ったのにどうしてだろう。呆然と突っ立つユジョンのそばをすり抜けて他の子たちは教室を出ていった。誰か体操服を忘れた子が盗んで着たのだろうか。だけど、常習的に他人の体操服を盗んで着るような子たちでさえ、わざわざユジョンのものを選ぶはずはなかった。今まで、体操服を忘れて着替えずに叱り飛ばされても、誰もユジョンのを借りていこうとはしなかった。名前が大きく刺繍されているから、間違えるわけもないのに……。鼻を突くようだったさっきの匂いが消えてないかとまたくんくん嗅いでみたが、やっぱりだめみたいだ。

誰かが何か、かけたんだろうか。ユジョンは紙袋に体操服を丸めて入れ、制服のスカートで手のひらを拭いた。制服を着て授業に出るより、いっそさぼった方がましだ。誰か抜けてないかー、と先生は聞くが、それがユジョンなら多少の困惑はあっても平気な顔でスルーすると、ユジョンはよく知っていた。

体操服を焼いてしまいたいと思った。

ウニョンは「死にそう」「もうたいへん」「疲れた」が口癖だったが、実は意欲あふれる養護教諭だった。インピョを説得して、救急法教育に必要な医療用マネキンを中古で手に入れ、学校までおぶってきて、他の先生の了解を得て二十分ずつ授業を行った。二十分とはいえ全クラスを回るのは楽ではない。講堂でいっぺんにやったらどうかという意見もあったが、真近で見なければ意味がないというのがウニョンの主張だった。気道確保のやり方、口腔対口腔の人工呼吸、胸骨圧迫心臓マッサージを教えたが、たとえほとんどの子が忘れてしまって覚えているのは一部だけだとしても、そのうちの一人がいつか誰かを助けることになるかもしれない。そんなふうに、遠くのかすかな可能性を想像することがウニョンは好きだった。乗り物酔いしたときに遠くを見ていると治るのに似ている。

そんなわけで忙しかったので、気づくのがちょっと遅れた。廊下に、水飲み場に、倉庫に、階段に、おんなじ女の子が立っていた。よく見なければ通り過ぎてしまうような、前髪の長い女の子だった。明らかに誰かを待っているようだ。制服を着ていたり、体操服を着てうわばきをはいていたり、ときにはスニーカーをはいている。少しずつ違っていたが、同じ女の子だ。ぼんやりした印象なので最初はウニョンも見過ごしていたのだが、女の子が「増殖」しはじめたため、やがて気づかないわけにいかなくなった。

ウニョンはこのような現象を知っていた。前に一、二度、経験したことがあった。学校ではなく病院にいるときだったが。

いちばん記憶に残っているのは、昏睡状態の患者に起こったケースだ。意識がある患者にもない患者にもまったく同様に、優しく対応していた先輩看護師がいたのだが、ある患者が眠っている状態でその人に恋をしてしまったのだ。たちまち待合室に、手術室に、屋上に、トイレに、食堂にその患者が出現しはじめた。病衣を着ればみんな似たようなものだし、しかもその患者は顔に包帯を巻いていたので、ウニョンは本人をつきとめるのにかなり苦労した。

そしてつきとめてからも、どうすべきかひとしきり困ってしまった。別に誰かに害を加えるわけでもなかったし、単にウニョンの先輩を待ちわび、先輩が通るのをじっと見つめているだけだったから。

ウニョンはこれに「根拠なき片思い症候群」と名づけた。小さな親切程度でもすぐに惚れ込んでしまうほど容態の悪い人たちによく起こることだった。爆発的に増殖した心があちこちを歩き回るにつれて、本体がだんだん弱っていく。多くは自然に起きるのではなく、未熟なシャーマンが書きなぐったお札が問題なのだ。その患者の場合も、早く治るようにと患者のお母さんが枕元に置いたお札が原因だった。これはどうやら受験のお守りか何かがとんでもない形で発動したのではないかと思い、ウニョンは舌打ちをした。お札商人も、ちょっとはプロフェッショナルになりなさいよと。

あのときは結局、患者の分身たちを一人ひとりぶち壊して回ったのだが失敗し、寝ている本来の体のところに毎晩行って、耳元で「あの人、足の爪が汚いんですよ。肌に食い込むぐらいになってやっと切るんですよ。オフの日は髪もちゃんと洗わないし。ニキビも化膿してるし。眉毛の手入れを怠けると一本につながっちゃうんですよ。たぶん鼻ひげもあるけど、脱毛剤で処理してるんですよ。口臭もあるし……」と一か月ささやかなくてはならなかった。先輩の顔をなかなかまともに見られず、別の意味で骨の折れる毎日だった。あーあ、今回はどう対応したらいいのかなあ。漢文の先生の言う通りだ。かっこよさそうで全然かっこよくない仕事ばっかり続いていた。

それでも今回はまだ、名札をつけているからラッキーだ。ウニョンは白くぼやけた女の子の胸から名前を読み取った。

「韓国相撲《シルム》、教えてくださいよ」

「詩《シル》を教えるんですか？」

笑いながら声をかけてきたネイティブ教師がえっと驚いてみせた。インピョも本当に聞き間違えて聞き返したわけではなかった。話が合うように再構成しただけだ。漢詩なら基本程度は教えてやれる。聞こえた通りだとするなら、僕に相撲を教えろなんてわけがわからない。

「いいえ、相撲ですよ、コリアン・レスリング」

「相撲を習いたいんですか？」

「体育大会に出たいんです」

「それをどうして私に？　体育の先生に頼んだらいいじゃないですか」

「いちばん親切に教えてくれそうだと思ったのですよ」

マッケンジーは、インピョがいちばん好きな単語の一つを正確に発音した。親切。インピョの心がかすかに揺れた。教養、マナー、優雅さなどともに、インピョには効果のある言葉だった。

「体育の先生たちに頼んだら、私なんかぽいぽい投げられてしまいます。怖いですよ」

マッケンジーは大げさに言ったが、インピョが見るには、マッケンジーは投げられて飛んでいくときも喜んで笑っていそうな人物だった。インピョはまだ、気が進まなかった。

「または、伝統的なまわしのつかみ方だけでも」

伝統。それが決定打だった。常日ごろマッケンジーが駆使する単語はあまりインピョの趣味ではなかったが、この日に限っては的の近くに刺さった。

「わかりました。後で夕方、会いましょう」

ファン・ユジョンは誰を待っているのだろう。ウニョンはどの廊下も、どの教室も、どの階も全部回ってユジョンを探したが、誰とすれ違っても何の反応もなかった。際限なく増殖するぼんやりした自我たちは、それでも片思いの相手が通ると頭を上げたり、ちょっと揺れたり、追いかけたり、何らかの反応を見せてくれるものなのだが、ユジョンのは微動だにしない。ウニョンはずっと欠席中の本物のユジョンがだんだん心配になってきた。分身までこんなに生気がないとは、いったいどんな子なのだろう。もう体調が悪すぎて起きられないのではないか。

ときには抑えられず、声をかけた。すっかりうつむいたユジョンの、見えていない目を見るために、うつむいた顔の下に自分の顔をぐっと差し入れて聞いてしまった。

「誰を待ってるの？　ねえ？　誰を待ってるのよ？」

するとユジョンのゼリーはかすれて溶けてしまうのだ。ウニョンと目も合わせない。ウニョンがここまで根気強い性格でなかったら、ついに発見できずに終わっただろう。一週間めにウニョンは奇妙な場面を目撃した。待っているユジョンには何の反応もなかったが、一人の人物がユジョンの前を通り過ぎるとき、急に足を早めたのだ。

マッケンジー。怪しいほど何も読み取れないネイティブ教師。明らかに、ユジョンを見てさっと避けた。

「あんた何者？　あの子が見えるんでしょ？」

ウニョンは単刀直入に聞いた。腹の中が煮えくり返るような確信のために、思わずぞんざいな言葉が出た。とはいえマッケンジーは知らんぷりをするかごまかすだろうと予想していたのに、彼が満面にねちっこい笑みを浮かべたので、さらに興奮してしまった。

「俺か？　おまえよりずっとクラスの高い霊能力者だ。そんなに片っ端からバッタバッタと切り捨てて歩いてどうするんだ？　金になることをやれよ」

ずっとずっと動かなかった心の一部が不意にいっときき、痙攣のように動いた。ウニョンもいつか、そんなことを思ったときがあった。こんなに危険で辛いのに金銭的報酬がないのはひどいじゃないかと。だが、ウニョンの能力を買ってくれそうなのはたいてい欲深な人たちで、悪だくみにばかりウニョンを使おうとする。悪徳下請け業者になんか絶対なりたくない。ウニョンは、別の形のほうびもあるのではと考えたが、いつからか対価そのものを望む気持ちも捨てた。世の中が公平でないとしても、親切心を捨てたくはなかったからだ。ウニョンの仕事は、ウニョンが世界に対して捧げる親切と似ていた。親切という徳目はあまりに低く評価されすぎだという見解において、ウニョンとインピョは通じ合うところがあった。

もしも能力のある人間が親切な行いをしたくないなら、それもまたどうしようもないことだ。価値観の違いだから。

「考えなしに切って捨てないで、キャプチャを取って売りなさい。そんなダサい生き方をしなくてもいいのに」

「どうやって？」

ウニョンはがまんできないほど知りたかったが、マッケンジーはにやにや笑って答えを引き延ばした。

「外は死んでいても、中が生きていればキャプチャが取れる」

「それってどういうの？」

「企業秘密を全部教えてあげるわけにはいかないですね」

「じゃあ、つかまえた後は？　それをどこで使うの？」

「たいてい、守りにも攻めにも使えるさ。隠れた需要は多いんだ。高いよ」

ブラックマーケットについては、ウニョンもちらっと知っていた。その性質上、最もブラックなヤミ市場になるしかないが、何年か前、ウニョンにも接触してくる者がいたのだ。病院で働いているときだったが、仕事帰りにうろうろしている人に声をかけられたり、郵便物で怪しい集まりに招待されたり、出る前からもう気持ちの悪い電話が何度かかってきたりした。だがウニョンの方針では、最初にあやしい宗教の「道を信じますか？」という質問などで近づいてくる人たちは一刀両断でノーだったので、ぼんやりとその存在を知っているだけで、情報はほとんど持っていなかった。何をつかまえてどこで使うのか、まるでわからなかった。

「どっちにしろ、この学校ではだめ。出てって」

「そうでなくとも辞めようと思ってたところだ。すごいのが隠れてるんだろうと思ったら、まるでからっぽなんだからな。きんぴらしかいない」

きんぴら？　ウニョンはにやりと笑った。ちんぴらという言葉もちゃんと言えないちんぴらがしのび込んでいたのに、それにも気づかず、大手を振って歩かせていたのか。

「こんど見たら撃つからね」

ウニョンがそっと腰の方に手を置いて言った。するとマッケンジーが、今まで隠してきたエロエロエネルギーを一度にがーっと噴出させた。立っていたところが近すぎたため、見えない気持ちの悪い手が一度に近づいて触りまくるような感じだったが、ウニョンは表情一つ変えなかった。

「せいぜい、社会貢献がんばってください。じゃあな」

「ファン・ユジョンはどうするつもり？」

「知らないね。ちょっと優しくしてやったら俺のものを盗んでいった。俺の問題じゃない。あんたの問題だね」

誰かが呼んだ気がした。うるさい。目を覚ましたくない。けれども呼びかけているその人は並大抵の根気強さではなかった。答えようとしたが、舌が乾燥しすぎている。渇きのせいで結局目が覚めた。ユジョンは手で顔をさすろうとして、その手を止めた。かゆみを抑えるために冷たい生理食塩水で濡らして手に巻いておいたガーゼが、ぱさぱさに乾いていた。部屋が乾燥しているのですぐに乾いてしまう。この発疹はずっと跡が残るタイプだという気がする。ユジョンは傷跡についてだけは専門家なのだ。

あの部屋から盗んできた種を触った夜、発疹が派手に赤く腫れてきた。何かへまをしたということはわかったが、ユジョンは癖になっている通り、手を隠した。膿が出てきてやっと母さんにばれた。ばれるのはわかっていたが、隠したかった。こんなふうになるのは、何かの回路が間違って設定されているためなのだろうが、別に直したいとも思わない。手をびっしりおおったぶつぶつは急スピードで腕を伝って上っていき、病院に行くと医師は深刻な顔をして、強い軟膏と内服薬を出してくれた。

漆かぶれだと医師が言ったとき、母さんの顔に走った表情が忘れられない。漆ですか、と聞き返した母さんはわずかに顔をしかめただけだったが、その表情は自ずとはっきり物語っていた。何でこんな、漆みたいな子どもを持ったんだろう？　やっかいな、いらいらする、うんざりする、触るのも嫌な存在。

いざ学校に行かないようになってみて、ユジョンは新しい事実に気づいた。学校に行くのは嫌だが、だからといって家にいたいわけでもないということにだ。何より、会いたかった。遠くからやってきた英語の先生に。ひょっとしたらアメリカよりもっと遠くから来たのかもしれない。例えば木の国とか、そういうところ。マッケンジーはトランクの中にぎっしり、小さな種の入った箱を持っていた。まるで、ここを離れるべき瞬間が来たらその種だけ持ってすぐに出発できるように準備してあるみたいだった。盗んできた種を小さな植木鉢に植えたが、なかなか芽の出る気配がなかった。死んだ種を持ってきちゃったのかもしれない。種なのに全然種らしくないところが気に入って宝物のように窓辺に置いておいた。宝物を手に入れるために膿が出たのなら、それでいいと思いたかった。

マッケンジー先生は、今はまっ白い歯を見せて笑っているけど、もしかしたら若いころは私と同じように辛いことがあったんじゃないかな。ユジョンはそう思った。傷跡についてだけは専門家並みに詳しいから、わかるのだ。

歩いてくるマッケンジーを、鉄棒の下の砂場に先に来ていたインピョが見つめていた。約束の時間にもう遅れているのにのんびりと、花壇の草をツンツンむしりながらこちらへ向かってくる。のんきな性格の人たちはときどきインピョの神経を逆なですることがある。まわしまで倉庫から探して持ってきたのに、人にものを頼む態度か、あれが。

インピョがきつい視線を送ると、マッケンジーが走りはじめた。

「やっと走ってるよ、やっと」

しかし至近距離まで来てもマッケンジーは止まらなかった。その表情を見てインピョは防御の姿勢を取ったが、遅かった。マッケンジーはインピョの悪い方の足に足を引っかけて倒すと、馬乗りになった。

「相撲はそんなふうにやるもんじゃない、いったい誰に教わったんです?」

インピョが体を起こしながらそう言ったが、マッケンジーはインピョを完全に押さえつけて、体を離してくれなかった。グラウンドに残っていた一群の生徒たちが異常な気配に気づき、徐々に二人の方に注目しはじめた。

「異種格闘技じゃないだろ。あ、ちょっと、離しなさい」

マッケンジーは聞くそぶりも見せず、あげくのはてに片手でインピョのベルトのバックルをはずしてしまった。そのときになってインピョは頭の中がまっ白になった。何だ、この状況は?　どうして僕のズボンを?　グラウンドのまん中で?

そのときグラウンドの端から、狂ったように走ってくる保健室の先生が見えた。またストッキングだけでグラウンドを走ったりしたら足の裏が血だらけになるだろうにと思ったが、でもありえないほど嬉しかった。ウニョンさん、ちょっと、頼む、変なやつにとりつかれちゃったよウニョンさん。めんくらってしまって言葉がちゃんと出てこない。

ウニョンは急に立ち止まると、照準もちゃんと合わせないままマッケンジーを撃った。人を撃ったことはなかった。生きた人を撃ったときどうなるのかも知らなかった。デコピンと威力が違うことは明らかだが。でも、インピョの保護膜をはぎとろうとしているのを放っておけない。おとなしく出ていきそうな様子を見せたとき、信じてはいけなかったのに。なぜかもう一回だけ見逃してやりたかったんだ……。

おそらくインピョのおじいさんに起因する強力な愛情と保護のエネルギーは、独特な、珍しいものだった。それはウニョンが借りて使っているもので、本当はインピョも借りて使っているのであり、根本的にはこの学校のものだった。ウニョンはあまりに腹が立って、夜叉のような顔をしていた。ウニョンが怒りにあえぎながらBB弾の銃を撃ちはじめたとき、インピョはウニョンが自分に当てないことを祈りつつすぐに手のひらで目をふさいだ。インピョがいつも指摘していたように、ウニョンの射撃の腕は本人が思うほどではなかったから、弾丸はほとんど二人からはずれたが、そのうち一発がインピョを組み敷いて座ったマッケンジーの首筋に当たった。マッケンジーが悲鳴を上げている間に、インピョは顔をおおったままで体をひねって逃げ出した。砂が少々口に入ってしまった。

うなじをおさえた姿勢でマッケンジーは硬直していた。ウニョンにもインピョにも顔が見えない角度だった。インピョは衝撃波のために耳が詰まり、目じゃなくて耳をふさぐべきだったかと後悔しながら体を起こし、ウニョンは今ごろになって、ストッキングが破れて傷ついた足が痛くなり、ゆっくりと歩いていた。何か透明な液体がマッケンジーのあごを伝って落ちていた。

「よだれ？　うわー、マック先生、よだれ垂らしてますよ？」

ウニョンがのぞき込んでみると、彼は麻痺を起こしているらしい。口が開いていた。それでもウニョンをけわしい目で見ている。ウニョンがトンと押すとマッケンジーは倒れた。体をねじり、ひどく震えていた。人を撃つとこうなるんだなあ。永遠に知りたくないことだったけど。

「119番呼んであげるから」

医療関係者としての哀れみをこめてそう言ったが、敵意たっぷりの目には反応がなかった。インピョがそそくさとズボンを揺すって持ち上げた。

「でも、何で僕のズボンを脱がそうとしたんでしょう？」

「守ってくれている〈気〉を破って侵入しようとしたんですよ」

ウニョンがマッケンジーの手のひらを無理に開いてみると、種が何個か入っていた。おー、中が生きているものとはこれのことだったのか。似合いもしないのに園芸部をやったりして。

「僕の保護膜ってどこについてるのかな？　まさかほんとに、あんなところに？」

「……丹田《たんでん》ですよ、丹田。そこにボタンみたいなものがあると思えばいいんです」

「あ」

　ウニョンは足元に散らばっているまわしを見た。相撲をしようとしてたのかな？　あの危険なやつと、こんな貧弱な体で？　ホン先生はときどき信じられないほどまわりが見えなくなるんだなあ。それでまたカバーしてあげなきゃいけないことが発生する。私の運命だな、と思いながらウニョンはしゃがんで救急車を待った。ティッシュでマッケンジーのよだれを拭いてやった。あといくつか、楽になる手当てをしてやろうと思ったが、マッケンジーが苦しい息の下から拒否したのであきらめた。

　生徒たち何人かがこの光景を見守っており、この事件は「M高三大事件」の一つとして何年間か知られていたが、もっと刺激的な事件が後に続いたのですぐに忘れられた。ネイティブ教師は契約期間が終わる前に消え、ネイティブ教師に片思いしていた女生徒は、登校するようなしないような感じで卒業していった。ウニョンは身体検査の日、女生徒の胸囲を測定しているときに、本物のユジョンをたった一度だけ間近で見た。してやれることは何もなかったが、インピョからもらったあの日の良いエネルギーをそのまま伝えた。ある年齢の人間には愛情と保護が心底必要なのだが、全員がそれを手に入れられるわけではない。

ウニョンとインピョは何度も学校の電話からマッケンジーに連絡してみたが、番号が停止されたとか解約されたとかいうこともなく、ローミング案内もなく、電話は生きていた。国内にはいるということだ。無事に退院して、遠からぬどこかにいるはずだ。一度も電話には出なかったが、ある日ウニョンの携帯にメッセージが入った。

——私の復讐はとても美味だろうよ。

何よ、この翻訳調は。ウニョンはちょっと顔をしかめただけで、返信しなかった。

アヒルの先生、

ハン・アルム

アヒルの赤ちゃんが学校の池に現れたとき、生物教師のハン・アルムは一階の職員室から電話で呼ばれた。

「先生、アヒル買いました？」

彼女は最初、何のことだかわからなかった。朝っぱらからアヒルを買ったかなんて、自分が知らないうちにアヒルの燻製の共同購入計画でも進んでいるのかと思った。

「アヒル、ですか？」

「駐車場の隣の水車の池にアヒルがいるんです。先生が買ったのが逃げたのかと思って」

「……アヒル、買ってません」

ハン・アルムは教職について二年目で、初年度はたいそう意欲に満ちており、一年生の解剖用のフナを水槽で何個分も買ったところフナがいっぺんに全滅して、全校がすさまじい悪臭に襲われたことがあった（このとき養護教諭アン・ウニョンは、洪水で墓が流されて幽霊が出たと誤って判断し、校内を上を下への大騒ぎに巻き込んだ）。生徒たちは腐りはじめたフナの浮き袋をつまみ上げながら、永久に生物学徒にだけはなるまいと決心したので、水槽を何個か掃除した後、ハン・アルムも後悔でいっぱいになった。おかげで公然にも非公然にもずいぶんと叱られ、以後、悪臭または生物に関する事件さえ起きれば、まずハン・アルムに電話が来るのだった。

続いて二階の職員室からも電話が来た。

「いずれにせよ、駐車場は先生の清掃担当区域でしょ。一度行って様子を見てきてください」

冷たくそう言うと電話は切れた。駐車場はもちろん担当区域だが、人工池はどう見てもアルムの責任範囲ではなかった。アヒルだなんて、群れからはぐれた渡り鳥か何かだろうか。ハン・アルムはゆっくりと階段を降りていった。適当な年数勤めたら、早く別の学校に行きたい。他の職業につくことが可能なら、それでもよかった。適応できないのは何分にもフナの呪いだろうと、暗澹たる気持ちで自嘲した。

ハン・アルムはフナ事件の前も人気教師ではなかった。誰でも多少は人気のある教育実習生のころでさえ、そうだった。自分の担当クラスの生徒すら、教育実習室にやってきて他の先生と写真を撮りたいからお願いと頼むだけだったのだから。単純に見た目の問題ではない。見た目プラスそれ以外を合わせた魅力の問題だった。誰も教師とは人気商売だと教えてくれなかったので、気づくのが遅すぎた。最初から魅力のある学生が成長して魅力ある先生になるのだと、なぜ知らなかったのか。学生時代も学校が好きだったことは一度もなかったのに、教師になった自分が情けない。教員試験の準備をしているときには明確に、切実に教師になりたかったけれど、いざなってみると二年でもう、切実だった理由を忘れてしまった。三年前に戻り、三歳若い自分の胸ぐらをつかんでなぜだと問い詰めたい気持ちだった。

膝下丈の、けっこう長いコーデュロイのAラインのスカートは茶色またはグレー、その上に主にアイボリーか薄い緑のカーディガンを着ていた。どうやってまとめたらいいかわからないほど量の多い髪を、あまり上手とはいえないやり方で結い、ピーチ系の薄い口紅を塗り、淡い花の香りの香水をつけていた(フナの匂いの記憶を希釈したかったのだ)。

「生物の先生って二十代だよね?」

「服、見てみなよ。違うよ」

女生徒たちが後ろでそう言っているのを聞いたハン・アルムは「あんたら、もうちょっと小声で話しな」と自暴自棄になってしまった。

池は風水の面から見て良いというので昨年、急に作られたものだった。風水だなんて、科学専攻者から見ればちょっと突拍子もない意見だったが、とにかくすてきなコーナーが完成した。先生も生徒も喜んで、休み時間になるとそのあたりは賑わった。アルムが着くと生徒たちが何十人も、池を取り巻いてアヒルの写真を撮っていた。それこそもふもふの、ふわふわの、ヒヨコちゃんだ。アヒルは怖がることもなく、狭い池で羽ばたきしながら泳いでいた。

「触っちゃだめだよ、人に慣れさせちゃうと良くない」

手を差し出している男の子を、他の女の子がきっぱりと止めていた。生徒たちはもうアヒルと恋に落ちていた。まずは網を持ってきてつかまえるべきだろうかとハン・アルムは悩んだ。生徒たちが見ている前であのアヒルをつかまえたら、今までは単に退屈なだけだった授業のムードが険悪なものになってしまいそうだ。

「鐘が鳴るよ、もう行きなさい」

ちょうど出勤してきた漢文の先生ホン・インピョが車から降りると、生徒たちの間をかき分けてやってきて群れを散らした。適当に言ってるのに、生徒たちがほんとによく言うことを聞くもんだなあと、ハン・アルムは少々うらやましかった。気になって立ち去りがたそうではあったが、生徒たちは教室に向かった。

「先生、このアヒルどうするんですか？」

「食べないから、教室に入りなさい」

「先生、うちらが飼ったらだめ？」

「とにかく、どこから来たのか調べないとね」

ホン・インピョは一時間めの授業がないのか、生徒たちが教室へ上がっていってもハン・アルムと一緒に池のそばに残った。

「ハン先生はどうしてここに？」

「あ、私、駐車場の担当なので」

ハン・アルムはすぐに答えたが、インピョは「だから？」という表情を浮かべるだけだった。空気読まない人だなあ。でも、そのせいで生徒たちが言うことをよく聞くのかもしれない。空気を読まない魅力だなんて、そんなのどうやったら手に入るんだろう。ハン・アルムが悩んでいる間にインピョはどこかへ電話をした。

「ちょっと来てください、池に」

すぐに東玄関から、厚底サンダルをはいた養護教諭が余裕のある歩き方でやってきた。この二人がつきあってるって噂はほんとだったみたいだ。ハン・アルムは、このゴシップを言いふらせば教科研究会の先生たちにちょっとはかわいがってもらえるかな、と誘惑を感じた。

「これ何ですかね?」

インピョがウニョンに聞いた。

「アヒルでしょ」

ウニョンがアヒルを見おろしながら答えた。

「アヒルなのはわかるけど……」

ウニョンはもっと何か言おうとして、ハン・アルムをちらっと見た。席をはずしてあげるべきなのかな? アヒルはアヒルだけど、どういう種類だろ? 保健室の先生はアヒルに詳しいのかな?

「危険ですか?」

漢文の先生がまた聞いた。

「どっちが? アヒルですか、または人間?」

「どっちも」

「そうですねえ。大丈夫だと思うけど」

「じゃあ行きましょう。ハン先生、ご面倒ですがアヒルの餌を買ってきてください。私たちよりよくご存じだろうから」

インピョとウニョンはハン・アルムを置いてさっさと行ってしまった。ハン・アルムはアヒルと一緒に取り残された。アヒルが池の端から陸に上がろうとしてばたばたもがいている。何度か試したあげく、いちばん低い石を見つけて急いで上ってきた。見たところより頭が良いのは間違いない。ハン・アルムは仕方なく、アヒルの餌はどこで買えば良いのか検索してみた。


昼食の時間になるより早く、アヒル決死隊が結成された。池にいちばん近い一階の教室の生徒たちだ。ハン・アルムがアヒルに餌をやろうとすると、自分たちがやると言って手を差し出すので、ハン・アルムは適当な量を教えてやって餌の袋を渡した。駐車場の担当ではあるが車を持っていないハン・アルムは、授業のない時間にバスに乗り、インターネットで急いで探した飼料店に行ってきたのだ。アヒルの餌をくれと言ったらアヒル肉入りの小型犬用ドッグフードをくれたので、アヒル用の餌だとあわてて訂正しなくてはならなかった。そのうえ、小さい袋がなくて大袋だったので、ずるずる引きずるようにして学校まで持ってきた。

「どうやって学校に入ってきたんだろう?」

「水路を通ってきたのかな」

「巣みたいなのを、作ってやらなきゃいけないんじゃないですか？」

「もともといたところに帰してやらないと。こんな赤ちゃんなんだから」

しかしアヒルは大胆にも池を出て、徐々に活動範囲を広げていった。池から上がると駐車場の横の花壇を散歩し、あの花、この花とついばんで食べたりもするし、授業中の教室の窓の下をガーガー鳴きながら通ったりもする。生徒たちはそのたびに大騒ぎした。もしや車に轢かれては、とSPみたいにアヒルを取り囲んで一緒に歩き回り、近くではボール遊びもしなかった。アヒルは毎日安全に池に戻っていった。

ハン・アルムはどさくさまぎれに、アヒルがどこから来たのか調べる調査役まで担当することになった。推理はそれほど難しくなかった。山の向こうにアヒルの飼育場があるのだ。

「あんなちびさんが、山を越えてきたわけ？」

他の先生たちが聞いてみんな驚いた。声の限りにガーガーと鳴き、はっきりと意思表現する様子は普通のアヒルとは思えなかったが、あの歩幅の狭さでは、どう見ても長く険しい道だっただろう。ハン・アルムは気を遣いながらアヒル飼育場に電話をした。飼育場の主人に、かくかくしかじかでアヒルが一羽学校に来ているのでお返ししたいと言うと、そうしてくれと無愛想に言われた。

生徒たちは泣きながらアヒルを見送った。この何日間かで情が移ってしまい、わあわあ泣きじゃくるのだ。

「だって今返したら、いつかは食べられちゃうんじゃないですか？」

「たぶんそうなるだろうけど、今みたいにアヒルばっかりかまって時間をつぶすわけにいかないでしょ。先生たちも気持ちは同じだよ。でもこのままにしておいて、どこかで車にでも轢かれたらどうするの？」

「アヒルの檻みたいなのを作って、場所を決めてやればいいじゃないですか」

「そんなこと言ったって、飼い主のいるアヒルだもの。私たちのものじゃないんだから返してやらなくちゃ」

ハン・アルムは友だちに借りた犬用キャリーケージにアヒルを抱えて入れるのにしばらく苦労した。生徒たちは全然手伝ってくれないので、他の先生二人が追い立て役になってくれてやっとアヒルをつかまえた。

そんなてんやわんやの努力もどこ吹く風、アヒルは一週間でまた池に戻ってきた。ハン・アルムは自分の目が信じられなかった。

「同じアヒルなのかな?」

唖然としてつぶやくとまわりの生徒たちが怒り出した。

「同じ子ですよ。先生は何でうちのアヒルを見分けられないの?」

生徒たちはコントロール不能の喜びに陥っていた。その歓呼の意味を知ってか知らずか、山をもう一度越えてきたアヒルは前よりたくましく見えた。

「しょうがない、もう完全にマスコットだね、マスコット。ハン先生、ご面倒だけどアヒル飼育場に連絡して、このアヒル売ってくれって頼んでください。生徒たちがすごく気に入ってるからって」

教頭先生のOKサインがおりた。そのためハン・アルムはバスを二度乗り換えて山をぐるっと回り、またアヒル飼育場に行った。二年間ずっと学校周辺のことにはまったく疎かったが、アヒルのおかげで完全に把握できるようになった。一羽の赤ちゃんアヒルの影響力についてじっくり考えながら、アルムは飼育場の入り口に向かって歩いていった。ヒールの高い靴をはけないアルムのゴム底のローファーに土がついた。

前回と同じくアヒル飼育場の主人は淡々としていた。一言一言最後まで聞き終わると、価格を言った。

「二千六百ウォンです」

……そんなもんなのか。食用アヒルはあんまり高い動物じゃないんだな。何万ウォンでも払う用意があったのに。もっとも、学校に来て見ていない人があのアヒルの人気を想像するのは容易じゃないはずだ。

アルムはだんだんアヒルに関わる業務に慣れていった。アヒルも目覚ましい速さで成長していった。堂々と張った胸が見栄えする、水かきのしっかりしたアヒルになっていった。生徒たちは飽きずにアヒルをかわいがった。

「アヒルは舌に骨があるんだよ。不思議でしょ?」

アヒルに関する新しい知識を教えてやると、目を見開いてスポンジのように吸い込んでいくのが見えた。やりがいを感じる瞬間だった。ハン・アルムはアヒルのおかげで生物関連学科の志望者が増えるのではと内心期待していた。進路相談に来る子がいるかもしれない。心をこめて相談に乗ってあげなくちゃ。でも、アヒルでもうさぎでも鍋に入れてぐつぐつ煮て、骨だけをこそげ取り、その骨をまた組み立てて勉強するんだということは言わない方がいいだろう。

遠くから教務部長が手招きをした。アルムも先生なのに、いつもああやって生徒を呼ぶようにほいほい手招きをする。でもアルムは笑いながらそっちへ行った。空気を読まない先生になるという決意はなかなか守れない。

「ハン先生、あの子、おすですか、めすですか？」

「え？」

「つがいにしてやらないといけないんじゃないかと。どうせ飼いはじめたんですから」

そこでハン・アルムはアヒルをじっくりと調べた。鳴き声としっぽの羽根でおすめすを判別できるのだが、比較対象がないので確信が持てない。結局、アヒルが陸に上がってぼんやりしているときに引っくり返して、お尻のあたりを押してみた。何も飛び出してこないところから見て、めすだった。

一夫多妻の動物だから、おす一羽にめすを何羽か組み合わせるらしいが、無理にそんなことをする必要もないだろうと思い、飼育場に行っておすのアヒルを一羽買ってきた。飼育場のおじさんはハン・アルムよりはるかに上手にアヒルを引っくり返してお尻を押した。たくましいおすをあげようと言って何羽も引っくり返しているのを見ると、意外に優しい人なのかもしれない。

だが、おすのアヒルは全然慣れてくれなかった。もともといたアヒルとは違って、池の近くを静かに行ったり来たりするだけで、繁殖期なのに萎縮しているみたいだ。二羽のアヒルはお互いに関心がなさそうに見えた。

「何で仲良くしないのかな？」

ハン・アルムはちょっとくやしかった。赤ちゃんがいっぱい生まれたらうるさいかもしれないが、でもかわいいだろうなと思ったから。

「先生だったら、誰とでも一部屋に放り込まれて恋に落ちます？」

いつの間に来ていたのか、保健室の先生が声をかけてきた。

「でも、いちばんかっこいいアヒルを選んで買ってきたのに」

「気が弱いのねえ。それでだめなんでしょ」

アヒルの「気」ってどんなんだかと思ったが、ハン・アルムは笑って流した。すぐに二羽のためにちゃんとした巣が作られた。人間でいえばペントハウスぐらいの。


アヒルにのしかかったのはおすのアヒルではなく、近所の猫だった。あんな大騒ぎってあるものではない。講堂の横のやぶを闊歩していたアヒルを、やはり闊歩していた猫が襲ったのだ。一瞬の間に起きたできごとだ。猫にとっては本能だっただろうが、おかげで生徒の何人かにはトラウマが残ってしまった。

生徒たちが泣きながらハン・アルムのところに走ってきたので、ハン・アルムはアヒルを抱いてまた保健室へ走った。

「私にアヒルをどうしろっていうの？」

養護教諭アン・ウニョンも当惑しているのは同じだったが、止血に成功し、漢文の先生がF1レーサーみたいに車を飛ばして病院へ行った。初めの二か所ではアヒルは扱ってないと断られたが、三番めのところではアン・ウニョンが獣医師を説得して治療を受けることができた。

「鳳凰《ほうおう》の気を持つアヒルだから大丈夫だと思ったんだけど、虎の気を持つ猫がいることを忘れてた……」

手術が終わるのを待っているとき、ウニョンが一人言を言った。ハン・アルムにはわかるようでもあり、わからないようでもあったが、幸い、思ったよりアヒルの傷は深くなく、三日の入院を終えて学校へ戻ることができた。アヒルと猫は互いの領域を守ることを学ばなくてはならなかった。幸い、それ以上の紛争はなかった。

アヒルに強い愛着を持っていた生徒たちは、卒業するときハン・アルムに、韓国内に棲息するアヒル全種類の人形をプレゼントして行った。ちょっと重複もあったけど。ハン・アルムはデスクいっぱいに積み重なったアヒルの人形たちを見て、ここまでしなくてもいいのにと思ったが、その中でいちばん小さいのを教務手帳のスプリングのところにぶら下げた。あきらめてアヒルの先生になることにした。

ハン・アルムはM高校で長期勤続したが、それよりもアヒルの方が長かった。アヒルの寿命は三十年に近い。途中で大怪我をしなかったらもっと生きたかもしれないが、とにかく三十四年間、学校のマスコットとして生きた。おすとはそれほど麗しい夫婦仲というわけでもなかったが、子どもを産むことは産み、その子たちがまた子どもを産み、隊列を作った。毛が抜けて年寄りアヒルになっても、このアヒルには妙な魅力があった。いつからか生徒たちは、このアヒルをアヒル将軍と呼んだ。

どの部活がアヒルをバッジの絵柄にするかで、文集の編集部と演劇部と天体観測部が長い長い論争をくり広げたが、結局、デザインだけ変えることで合意を見た。後発の部活もアヒルのマークを使いたがったので、M高校には現在、五種類のアヒルのバッジがある。

てんとう虫のレディ

「あ、キム・レディ？　だよね？」

保健室にやってきたその子は名札をつけていなかった。だが、ウニョンは彼女を知っていた。

「いいえ、ラディです。Lじゃなくて、Rの方」

「ラディね」

「ラディカル・ワンの略なんです」

そう言いながらラディはえりの後ろをめくって、「Radical one」という文字のタトゥーをしっかり見せてくれた。ウニョンは学園祭でラディのライブを見たことがある。その名の通り、かなりラディカルなライブだったので驚いた記憶がある。卒業生を含めて学校で唯一の芸能人で、学校にはあまり出てこないがいろいろと特別待遇を受けている生徒だった。例えば、女子でも季節を問わず、常にズボンの制服を着用するとか。

「そうなんだ。どこが具合悪いの?」

「体調が悪いんじゃなくて……」

こんどはラディが遠慮なくウニョンを評価する目で見つめた。ウニョンは、ラディがなぜ保健室に来たのかふっとカンが働いた。

「ママが幽霊を見るんです」

あー、答えたくない。一切反応したくない。

「先生も見えるんでしょ?」

「誰が言ったの?」

「いろんな人が……それでお願いなんですけど、一度うちに来ていただけませんか?」

「え、ママがいるのあなた?」

ウニョンは思わず聞いてしまってから、しくじったと思った。肝心のラディの方は平気で答えた。

「います」

ウニョンを含め、全国民がラディの父親についてはよく知っていた。韓国のビジュアルパンク第一世代というべき有名ミュージシャンのジョシュア・チャンだが、本名は張学《チャンハク》春《チュン》というレトロなダサさなので、よくお笑いのネタにされている。オーダーメイドのつけまつ毛にスパンコールつきのパンツという外国人風ビジュアルのパンクミュージシャンの本名としては、確かに強烈だ。ささいなことを恥ずかしがっていたらビジュアルパンクはやれないのだろう、ジョシュア・チャンはトークショーやお笑い番組で本名の話題を出しては笑いをとっていた。小柄な男性だが、大物らしい風格がある。ラディがジョシュア・チャンの娘であることは、デビュー後かなり経ってから明らかにされたのだが、養子だということを隠したりタブーにしたりせず、淡々と話すのでなおさら美談となっていた。以後、二人は様々なステージで共演し、ラディがジョシュア・チャンより十センチぐらい背が高いうえ、ジョシュア・チャンもまた四十代後半なのが信じられないほど童顔なので、知らない人が見たらとうてい父娘には見えなかった。

実は、ジョシュア・チャンの有名税のかなりの部分は、若いころの悲劇的な個人史によるものだった。もちろん音楽性のおかげでもあったが、全国民に知れわたるにはそれ以外に特別な理由が必要になるものだ。ジョシュア・チャンの場合、その特別な理由はとりわけ悲劇的だった。ジョシュア・チャンはファーストアルバムでかなりの成功を収めた後、セカンドアルバム発売を控えて深刻な交通事故に遭った。ジョシュア・チャンは軽傷ですんだが、隣に座っていた婚約者が死亡し、延期の末に翌年に出たセカンドアルバムにはその事故を歌った曲が収録されていた。「てんとう虫のレディ」というその曲は、胸に抱いていた恋人を救急車に乗せて送り出してみたら、自分の白いシャツに血と土がついててんとう虫の模様になっていたという悲愴な内容で、それを拍子のずれた軽快なリズムに乗せたためアンバランスさが際立つ、非常に変わった曲だった。

「てんとう虫のレディ」は一九九〇年代の大ヒット曲となった。イギリスでは原曲に似せて、フィンランドではニューエイジ風に、日本では演歌調にカバーされた。有名な中国系アメリカ人のデザイナーがてんとう虫柄のアバンギャルドなコレクションを発表し、ジョシュア・チャンからインスピレーションを得たとインタビューで語ったこともある。ピアノ曲に編曲されて一九九〇年代を舞台にしたメロドラマ映画に静かに流れることもあった。どんなクリエイターでもそうだろうが、ジョシュア・チャンはその曲が変化しながら広まっていくことを喜んだ。たった一度拒否したことがあるが、それは保守陣営の大統領候補が宣伝用に替え歌を作りたいと要請してきたときだ。その候補が当選した後、ジョシュア・チャンはしばらくテレビに出られなかった。

パンク方面では、カラオケで頻繁に歌われる曲として五本の指に入っていた。みんなふだんはパンクが好きじゃないと言うが、カラオケでは楽しんで歌う。世紀を越えて愛されてきた、実話に基づく哀切なラブソング。この曲が落とす影から逃れることができず、また逃れないのがマーケティング上も好ましいので、ジョシュア・チャンは公式的には独身だった。

「だけど、大昔のことだもんね。ジョシュア・チャンだって当然、誰かとつきあって一緒に暮らしてたんでしょうね。何で知らなかったのかな」

「僕らに限ったことじゃないでしょ。誰も知らないと思いますけど！」

ホン先生が平然と答える。いったい何でまたこの男と秘密を共有する仲になったもんだか、とウニョンは思う。

「ついでに、僕のＣＤにサインもらってきてください」

依然として平然と、インピョがジョシュア・チャンのアルバム六枚を差し出した。古いのもあれば新しいのもある。

「ファンだったんですか？」

「あのビジュアルはちょっとキツいけど、歌はすごく良いじゃないですか」

ウニョンはそのうち一枚だけをバッグに入れた。六枚全部にサインしてもらうのはやっぱりみっともないと思ったから。

ウニョンが病院で働いているとき、ある小児科専門医がこんな話をしてくれたことがある。

「私はべらぼうに本を読まない子どもでねえ……ユ・ホンジュン先生の『私の文化遺産踏査記』が初めて読んだ本なんですよ。ところでそこに、文化財が語りかけてくるとか、そういうことが書いてあったんです。びっくりしたなあ、もう。どうやったら塔が声をかけてきたり、建物が話しかけてきたりするんだと思ってね。でも私、この前ワシントンに行ったでしょ。そしたらそこでこんな経験をしたんだよ」

その先生は文化財が話しかけたくなるようなタイプではまるでなかったので、ウニョンは思わず注意深く耳を傾けてしまった。

「あの巨大なビルの前に立ったとき、それが私に何て言ったと思う？　当ててごらん」

たぶん、わかりませんとか何とか答えたと思う。

「見るんじゃねえ」

ウニョンは思わず笑ってしまった。

「失せろ」

そのときはもう止められなかった。ウニョンはワシントンに行ったことがなく、その、威圧感にあふれた建物のこともよく知らなかったが、感じぐらいはわかる気がした。

その感じを今、ジョシュア・チャンの大邸宅で体験していた。びびらないで入ろう。このお屋敷をうろついているという幽霊をちゃんとつかまえれば、好きな演技派アイドルのサインをラディが代わりにもらってきてくれるかもしれないし。

ブザーを押すと、特に返事もなくドアが開いた。玄関で靴を脱いで入ると、足に触れる大理石の床がとても冷たかった。足の指を縮こまらせたまま見回してみたが、パンクミュージシャンの家らしく、客用スリッパなどという代物はありそうにない。

「こっちです」

中から誰かが呼んだが、どっちの方向から呼ばれたのかウニョンにはすぐにわからなかった。マンションはどんなに大きくても構造に大差ないが、こういう邸宅は廊下を曲がるたびに予想がはずれる。居間にたどり着いたのは、しばらくうろうろしたことを隠せないほど時間が過ぎた後だった。ソファーに座った女がじっとウニョンを見ていた。「こんにちは、ラディのお母様」とでも言えばいいのだろうがそんな言葉が出てこなくて、ウニョンもためらいながら座った。ウニョンは視線をどこへ向けていいかわからず、ちょっと耳が火照ってきたが、それは相手がバスローブ姿だったからだ。いくら幽霊をつかまえる養護教諭とはいえ、先生が学校から来たのにバスローブで座っている保護者というのも普通ではない。バスローブだなんて。

女はウニョンよりせいぜい何歳か上ぐらいに見えた。ラディの出生に関して出回っている噂が、ウニョンの頭の中を通り過ぎた。実は「てんとう虫のレディ」の娘なんだとか、レディと他の男性の間にできた子だが、男性が死に至る病にかかったために後で引き取ったんだとか、彼女の遺伝情報に基づく一種のクローンで、代理母から生まれたんだとか……ラディの母親は化粧をすればきれいだろうと思われる、色白で、これといった特徴のない顔だった。どう見てもラディと似たところはなく、噂とも全然結びつかない若い女性だった。この人をママって呼んでるのか。

「彼女が、家の中を歩き回るんです」

先に口火を切ったのはラディの母親だった。お母さんだっていうんだからお母さんと呼ぼう、とウニョンは心を決めた。いつもは空気を読まないことで有名なウニョンだが、「彼女」とは誰のことですか、と無用のことを尋ねたりはしない。要するに、「てんとう虫のレディ」の「レディ」が歩き回っているということだ。

「それじゃお母さん、私がちょっと調べてみてもいいですか?」

そう言いながらウニョンは意味深長な視線を送った。これは本当に歩き回ってもいいか確認するためというより、歩き回ったときに見ちゃいけないものが見えないよう、かたづけてねという意味に近い。だってラディのママに会うために通ってきた部屋のいくつかでは、微妙な草の匂いがしていたから。ウニョンはその匂いを知っていた。以前、バックパック旅行を兼ねてドイツに住んでいる叔母さんの家に行ったとき、何度かかいだ匂いだ。日曜日の午後、教会の階段に腰かけて若者たちが吸っていた大麻の匂いだった。たぶんオランダ国境に近いので手に入りやすかったのだと思う。誰かに勧められたこともあって、「私は医療系の仕事につくんだからだめ。髪の毛抜いて調べればすぐわかるし！」と拒否したが、後からちょっと気になったものだ。ジョシュア・チャンが、二〇〇〇年代の前半に大麻問題でしばらくテレビに出られなかったことをちらりと思い出した。

「一人で行けますよね？　迷子になるほど広くはないですよ」

ラディのママはまったく気にしてないように見えた。私が通報でもしたらどうするんだろ？　ウニョンはラディのママがソファに横たわっているのを見た。あの人、バスローブの中に何か着てるのかなあ？　ウニョンはだんだん朦朧《もうろう》としてくる心を奮い立たせて、任された任務にのみ集中することにした。ゆっくりと家の中を見て回る間、足はずーっと冷えっぱなし。

二回ずつ回ってみたが、何もいなかった。

べっとり貼りついてくるものも、流れ落ちてくるものも、隠れているのも、にらむのも、何も。

一瞬、幽霊かと見間違えた相手は、ゴシックテイストの服を好んで着るジョシュア・チヤンのバンドのベーシストだった。ウニョンは思わずバッグの中のレインボーカラーの剣をぎゅっと握りしめたが、単に、強烈な印象を持つミュージシャンというだけのことだった。部屋のドアを開けるたびに、そんな紛らわしい人物が何人もいる。そのうえ、パンクとはなかなかつながらないレゲエのシンガーたちまで。

「あの人たち、いつもあそこで暮らしてるの?」

後で学校でラディに聞いてみた。

「居候みたいなもんです。昔の両班がお客さんを泊めておもてなしをしたみたいに、パパもいろんな人の面倒を見てるんですよ。ストリートミュージシャンだからって、ストリートで寝るわけにいかないでしょ。屋根ぐらいは貸してやるのが先輩の務めだって言ってますよ」

大人物の大邸宅なんだなあ、最初からそういう用途を考えて閉鎖的な構造を選んだのだろう。あの複雑建築はそういうことなんだなと、ウニョンは思った。

ラディのママからはその後も二回、電話が来た。そのころになると、アン・ウニョンもこの家に気楽に出入りするようになっていた。大邸宅は「失せろ」と言う代わりに「よく来た」とあいさつしてくれる。入るときは楽だが、出るときは気まずい。訪問するたびに何も発見できず、役立たずのまま退去しなくてはならなかったからだ。

「はっきり見たんです」

さほど切実に説得したいわけでもなさそうに、ラディのママはそう言った。髪が濡れていた。色は違うが今日もバスローブ姿だ。このさらさらしたバスローブは、80番手の非常に細い糸で織られた高級品だとウニョンは思った。

「どんな感じでしたか？　怖そうに見えましたか？」

「ずーっと血を流していました。言われてる通りに……」

「お母さんを苦しめたり、悪さをしたりしましたか？」

「手を差し出して、しきりに血をくっつけようとするんですよ、私の服に。それ以外にはないけど、目つきが嫌なんです」

その程度ですんでいるなら、二十年以上も形をとどめている幽霊としては本当に淑女《レディ》だなと思われた。

「生前にはどんな方だったか、もしかしてご存じですか？」

乱暴な質問だったが、ウニョンとしては情報が切実に必要だった。

「夫はあんまり喋る方じゃなくて……二人ともすごく若かったときのことで、そんなに長くつきあったわけでもなかったんです。婚約者だと言われてますが、仲間とノリで誓いの式みたいなことをやったけど、本当に結婚を予定してたわけでもなかったんですって。その年ごろってそんなものですよね。衝動的で、夢中で、でも真剣っていうわけでもなくて。その後すぐに事故に遭ったんですよ」

ラディのママの顔にちょっと沈鬱さが漂った。

「結婚されてどれくらいになります？　結婚されてからずーっと出てますか、それともこの家でだけ？」

「結婚して六年ですけど、ずっとこの家でだけ暮らしてます。四年前から見るんです」

ウニョンはラディのママの気持ちがうっすらわかるような気もした。ずっと昔の束の間の恋愛が、巨大なラブストーリーとして固定されている。そのせいで、現実にジョシュア・チャンと安定したパートナーシップを築いている自分の方がむしろ偽物みたいになってしまった……。ひょっとすると、とウニョンは先回の訪問のときからひそかに考えていた可能性を再検討してみた。ひょっとすると、この家には本当に何も出ないのかもしれない。完全に心理的な問題ということもありうる。幻覚なら、ウニョンの目に見えるわけがないのだ。

だが、そう言ったらこの人は、バスローブまで脱ぎ捨ててもっと隅っこへ引っ込んでしまうだろう。ウニョンは精神科病棟にもいたことがあるので、慎重に構えていた。

「何となくですけど、お二人はちょっと特別な出会いだったような気がしますね」

アン・ウニョンは顔の筋肉に号令をかけた。精一杯がんばって、若い女の子みたいに笑うんだ、お嬢ちゃんみたいに人なつっこい笑顔で！　ラディのママはウニョンの不自然な笑いに気づかず、こともなげに答えた。

「仲良しの友だちが夫のファンだったんですよ。ファンミーティングについていったら、ちょうどライブをやってて。いちばん前にいるのに歌も歌わないし、ヒールのある靴をはいてたからジャンプなんかもできなくて、それが夫の目に止まったらしいんです。実は私、みんながあんなにジャンプするなんて知らなくてね。友だちに対してもだんだんイライラしてきて。何で私と約束しておいてこんなところに連れてきたのかと思って。そしたら、熱唱してた夫が私を見て『ファンでもないのに何で来たの？』ってずけずけ聞いたんですよ」

「まさか、マイク持ったままでですか？」

「ファンが夫の代わりにリフレイン部分を歌ってるときにね」

噂通りストレートな人なんだと思わせられるエピソードだ。そんなことがあって、後でマネージャーを通じて電話番号を聞かれたという。ほんとにファンだった友だちは、何でもいいからつながりができて嬉しいのと同時に、どうして自分ではなく彼女だったのか理解できず、そんな複雑な心境に勝てなくて疎遠になったという。

「ファンじゃないのが良かったんですって。永遠にファンになりそうにないのが良いって」

「やっぱり独特ですね。うーん、ファンだったらちょっとやりにくいんでしょうね」

「ファンとは冷静な話ができないから」

「あ、ラディのパパは会話を重視するんですね。それじゃあ、お母さんは旦那さんのどこに惚れ込んだんですか?」

「そうねえ、とにかくすごく無害な生き物だから。私以外にもいろんな人がついてきて、楽しく暮らしてるんですよ。あえて思い出すことっていえば……靴のサイズが同じだったこと?」

いったい何で私はこんなところでこんな変な話をしてるんだろう、いっそ何か捕まえた方がましだと、ウニョンは常ならぬ欲求不満に陥った。他人の恋愛のディテールをほじくり返すかわいい女の子役なんてやりたくないよね。

虚しく歩き回って見回してみると、窓ぎわにラディのママが立っていた。ちらっと見たとき、見間違いかと思った。バスローブの前が開いていた。やっぱり中に何も着てないよ……家の近くにパパラッチがうろうろしてなくてよかったとつぶやいて、ふと、ラディのママはパパラッチでも待ってるんじゃないかという気がした。

「うちに何日か泊まったらどうでしょう?」

久しぶりに登校したラディがそう提案したとき、ウニョンは一も二もなくただちに承諾し、二泊三日の荷物をまとめた。ウニョンとしても、しっぽをつかまえたかったのだ。今回も何も収穫がなかったら、どんな方法でもいいからけりをつけなくてはと思っていた。もしもウニョンが失敗したら、とびきり質《たち》の悪い詐欺師たちがつけこむのは目に見えている。効きめもないお札を持ってきてあの家のシルクの壁紙にベタベタ貼りつけるとか、もっとたちが悪ければマッケンジーみたいな連中が変な種子を持ってきて、べらぼうなお金をむしりとるだろう。ラディの家には三千ウォンのプラスチックの植木鉢を三千万ウォンで買わされても気にする人はいないから、かえって心配だった。だまされて怒るような人たちだったら心配もしないけど。とにかく、退魔師を呼ぶより病院が先でしょ、あんたたち。医療従事者としては悔しくもあった。

「遊びに行くのもうらやましかったけど、泊まりに行くなんてほんとにうらやましい」

充電のためにちょっと会ったインピョがそう言った。そんな顔でうらやましがってるつもりなんですか? と言いたいほど平気な顔でうらやましがっている。遊びに行くわけでもないしお泊まりが目的でもない、頭痛のするような話なのに何言ってるんだか。ウニョンはインピョの指をわざと強く握り、ぎゅーっとエネルギーを搾り取った。

ラディの家には、ウニョンのためなのか、偶然にタイミングが合ったのか、なぜだか家族全員が集まっていた。初めて実際に会ったジョシュア・チャンには、確かに芸能人のオーラがあった。家でもスリムパンツにカラコン、羽根つきのつけまつ毛かあ、すごいなあとウニョンは思わずスパッツの前を見つめてしまった。そんな気はなくても、ジャンプするバレリーノのその部分にしきりに目が行ったり、動物園でライオンがぶらぶらさせている後ろ姿を見てしまうのと同じようなものだ。それにしてものっぺり、ぺっちゃんこだな。この人もしかして、霊験あらたかな去勢によって永遠の若さを手に入れてるんだろうか。

「スポーツブラみたいなパンツはいてるんですよ、この人。スポンジでしっかり押さえるやつ。心配しなくていいですよ、あるべきものは中にちゃんとあるから」

ウニョンの視線に気づいてラディのママが説明してくれた。教えてくれなくてもいいのに。ウニョンとジョシュア・チャンは同時に顔を赤らめた。

「ジャンプするときに邪魔になるもんですからね」

ジョシュア・チャンがやむをえず説明を追加した。

「家でもステージとまったく同じようにしてらっしゃるんですね」

「気分を統一しておくためと言いたいところですけど、実は、外から帰ってきてまだシャワーも浴びてなくて」

ウニョンは買ってきたケーキの箱を食卓の端に置いた。ラディが箱の透明なすきまから中をのぞき込んで喜ぶ。こんなときはふだんと違って、普通の女子高生みたいだ。

「先生、うちのラディは学校でちゃんと勉強してますか？　友だちと仲良くしていますか？」

スープをよそっていたおばさんが尋ねた。会ったことのないおばさんだった。ウニョンは何と答えていいかちょっと悩んだ。担任でもないし教科の先生でもなく、養護教諭なのに、誰もそのことを言ってくれないのかな。幸いおばさんの方も、別に答えを期待していたようでもない。ウニョンがごまかしている間に、最後の器を持っておばさんは向かいの席に座った。

「チャンさん、早くお食べなさい、冷めちゃうよ。そんなにがりがりじゃお話にならない」

「お義母さん、私は脚線美で何十年も食ってきたんですから」

ああ、ラディのママのお母さんなんだな。ジョシュア・チャンのお義母さんかとウニョンは思う。それは混沌の晩餐というべきだった。ウニョンはごはんがどこへ入っていくのかもわからないような感じで食事した。会話はうまく続かない。ウニョンが緊張していたせいもあったが、家族がみんなぼーっとしているためにそうなるのだ。あなたたち同士ならぼーっとしててもいいんだろうけど、と気まずい気持ちでスープをすくいながら、ウニョンはジョシュア・チャンの顔を横目で見た。いったいどこの化粧品を使ったらあんなに若く見えるのか気になるが、たぶん生まれつきなんだろうと思って聞いてみなかった。最後にはあきらめの境地に達し、ひたすら部屋に行きたかった。

ウニョンが泊まることになった客用寝室はインテリアが変だった。アンティーク家具とたいへん現代的な家具が、何の考えもなく混ざっている。アンティーク家具には正体不明のしみがついていて嫌な感じだし、現代的な家具はどの角も全部すごくとんがっている。どっちが気になるかといえば、しみの方だ。あの高そうに見える椅子の上で、誰かさんと誰かさんが寝っころがってたわけじゃないでしょうね。ウニョンは椅子をちょっと離れたところに置いて、ベッドに直行しようと決めた。

ベッドヘッドには、家具よりもさらに気になるクロスステッチの作品がかかっていた。「朝鮮パンク史」というタイトルがついており、パンクバンドの系譜とか、知ってる人が見ればたぶんすぐにわかりそうなカリカチュアが丹念に刺繍された作品だ。

「パパが刺繡したんですよ」

新しいシーツを敷きながら、ラディが言った。

「パパって、見た目より優しくて純粋な人なんです。ママにもすごく優しいし。コンサートで『てんとう虫のレディ』を歌うとき泣くけど、ほんとはあれ全部、目薬だしね。パパにはママしかいないんです」

「そんな感じだね」

本当にそう見えた。ウニョンの目には、二人が作り出している気持ちのいい空気が視覚的に見えたから。色でいえばオートミールの色に近いベージュだった。華やかな色ではないが、ウニョンがいつも憧れていた色だ。ベージュが似合う女性に、またはそういうカップルになりたかった。

「あなたはお二人とどうやって出会ったの？」

彼女が養子だということは全国民が知っているので、聞いてもかまわないだろうとウニョンは思った。

「宗教団体がやってる孤児院で育ちました」

「あ、お二人ともキリスト教徒なの？」

「いいえ、全然。でもパパは、宗教団体で楽器を習った人たちが好きなんです。小さいころから始めた人は、基本がしっかりしてて良いって」

「実際的な人なのねえ」

「使わないギターを寄贈しに来たとき私を見て、一緒に暮らそうって言ったんです。はじめは変な人だと思ったけど、それがパパのやり方なんですよね。あの性格で、冷静に計画的に手続き踏んで養子を迎えるわけもないし」

ラディは自分が敷いたシーツの上に座って、出ていく気配がなかった。あんたが出ていってくれれば私もちょっと寝て、その後で家を見回れるんだけどな。ウニョンは催促するような視線を送ってみた。

「ママと一緒に外出できたら嬉しいんですけど」

ラディの声は、信じられないほど低かった。ベースを肩にかけて弾きながら歌っていた姿を思い出す。今は、歌うときより低い声で話していた。まじめになればなるほど低音になるらしい。

「ママに、バスローブ以外の服を着てほしいんです。私のライブも見に来てほしいんです」

こんなふうに圧力をかけてくるのか。ウニョンはため息をついた。

「私も今回は絶対、何とかしてあげたいと思ってる」

それでやっとラディは立ち上がって自分の部屋に行ってくれた。ウニョンは目覚まし時計をセットして、しばらく横になった。ベッドヘッドの後ろの照明がついており、消し方がわからないので、顔に腕を載せて軽く仮眠をとった。

夜中に起きて歩き回ってみると、この部屋にもあの部屋にもとんがった金属製の家具がいっぱいあって、何度も膝をぶつけてしまった。こんなにツンツンした家具ばっかり買うなんて、ほんとにとんがった趣味だな。ウニョンはみんなが寝静まった家を歩き回って家具にぶつかるたび、何度も悪態をつきそうになった。あざが残るに違いない。

変なものが散らかっているのを見つけたことは見つけたのだが、それが全部、人間だった。変な場所に、変な服を着て、変な姿勢でいるので人間じゃないみたいに見えるが、みんな人なのだ。何であんな格好で寝るんだろう、わけがわからない。もしかして死んでるのではと思って確認もしてみたが、生きている。空のビール瓶につまづき、瓶が重い音を立ててころがっていった。

「見ました？」

ラディが朝、食卓で話を聞きたがった。

「うん」

顔をしかめながらアン・ウニョンが答えた。久しぶりにつく嘘だった。

「何がいたんです？」

「直接見たんじゃなくて、痕跡を見たの」

「痕跡？」

「かたつむりが通った跡みたいなの」

「本体は見えなかったのかあ」

「人見知りする幽霊もいるんだよ」

ラディは半分満足して半分がっかりしたようだったが、とにもかくにも同じ車で登校した。出席日数だけはやっと確保しているラディだが、ウニョンが泊まっている二日間は学校に行くつもりらしい。

「あ、ラディ、何で保健室の先生と一緒なの？」

気になったことはすぐに質問できるという点で、生徒たちは健康だ。何て答えたらいいんだろと思っていると、ラディが平然と言った。

「うちのいちばん下の叔母ちゃんだよ、知らなかった？」

うわー、ぬけぬけと。やっぱりちょっとずうずうしくないと芸能人なんか務まらないんだな。叔母さんと姪ってわけか。でもいちばん下の叔母さんならましかも、と思っていると、保健室に行く玄関の前にホン先生がいるのが見えた。昨日の話が聞きたくてやってきたんだろう。めんどくさいのでウニョンは給食室の方へ曲がってしまった。

　今から三分以内にあのドアを開けてホン・インピョが入ってくるぞ……慣れない場所で寝たせいでだるく、ぼーっとしたままで、ウニョンは保健室のドアを見ていた。

「さっき僕のこと見たのに行っちゃったでしょ？」

　一分三十六秒を残してドアが開いた。授業のないときに攻め込んでくるに違いないとは思っていた。ホン・インピョはみんなが思っているよりずっとわかりやすい生き物だが、自分ではそのことを知らないらしいので、ウニョンとしてはいつも、ちょっとからかってみたくなる。

「昨日、何か見ましたか？」

「ホン先生はゴシップなんか好きじゃないと思ってたのに、何がそんなに気になるんですか？」

「ゴシップじゃないよね、あれは、古典的なラブストーリーを連想させますよ。あの新羅時代の文人、崔致遠《チェチウォン》が墓地で二人の若い女の幽霊に会った話みたいで」

「それ誰ですか？」

インピョはひどくがっかりした顔になったが、ウニョンは無視した。

「何も見ませんでしたよ。やっぱりあの家には誰もいませんね、何も出てこないもの」

「それは単に、アン先生が嫌われてるからじゃないですか？　幽霊も気に入った人にだけ姿を見せてくれるのかもしれない」

こいつってば、こんなことで私をけなしに来て、貴重な休みの時間を浪費するつもりなのかしらとウニョンは腹を立てた。

「もちろんそうかもしれないけど、私が見たところじゃ、あんなに健康な感じの家もそうはないんですけど」

「……ジョシュア・チャンの家が？」

「もう、健全で、さらっさらですよ」

インピョはとうてい信じられなかった。それで何も聞かず、ウニョンが大事にしているマグカップに大事にしているティーバッグをポンと入れた。カップを洗わずに出ていったら許さないからな、とウニョンはインピョの後頭部をにらみつけた。

「どうやら、心理的な問題みたいですね」

「ラディのお母さんの？」

「だってそうでしょ。結婚もしなかった婚約者が正妻で、正式に結婚した自分が情婦みたいに暮らしてるんだから。ラブストーリーじゃなくて、あれは呪い」

「そうも言えるな」

「でも、私がそんなこと言えるような問題でもないし、確かにその人を見たって固く信じているんだから、受け入れてもらえないでしょうね」

「じゃあ、どうするんです」

「それでね……」

ウニョンが引き出しから韓紙と筆ペンを取り出した。インピョが来ると思って美術の先生に借りてきたものだ。きなり色をした韓紙は幅が狭くて縦に長く、その大きさが何かを連想させた。

「これ、まさかお札を作るんじゃ？」

ウニョンさんってばキョンシーでもつかまえるつもりなのかな、お札のことになるとすぐ火でも吹きそうに興奮するんだから呆れちゃうと思いながら、インピョは紙を取り上げた。

「昔のシャーマンたちが、まさか全員霊能力者だったと思います？　幽霊だって、全部が本物の幽霊だったわけじゃないですよ。目の前で象徴的な行動をやってみせてあげれば、ラディのママもちょっと良くなるんじゃないかと思って」

「えー？　それ、完全にお芝居じゃないですか？」

「役に立つなら、お芝居だっていいでしょ」

「うわー、それ強引すぎない？」

アン・ウニョンはインピョの手に筆ペンもしっかり持たせた。

「何で僕に書かせるの？」

それは、お札の書き方なんか知ってるわけないからだ。アン・ウニョンは詳しく注文した。

「別れを歌った漢詩みたいなのを、できるだけお札に見えるように書いてください」

かくしてインピョは保健室から追い出され、席に戻ると『唐詩選』を引っくり返した。唐詩か宋詩か一編だけ選べと言われたら、唐詩の方が好きだ。そしてついに選んだのは、唐の初期の詩人、陳子昂《ちんすごう》の「登幽州台歌」だった。

去りし古人に会うはかなわず（前不見古人）
後の世の人に会うもかなわず（後不見来者）
遥かなる天地を思い（念天地之悠悠）
一人悲しみに涙するのみ（独愴然而涕下）

たぶん、陳子昂は自分が味わった政治的絶望からこの詩を書いたのだろうが、これはまるで死んだ恋人とラディのママの虚ろさの間で、まともな生活を営むことができずにいるジョシュア・チャンの気持ちみたいじゃないか。何てうまいこと選んだんだろう、と漢文の先生は意気揚々としてしまった。すっかり気を良くして、校長先生が書道のときに使う落款までさっと捺した後、指ですっすっとぼかした。ぱっと見たところ、本当にお札みたいだ。普通の韓紙じゃなくて黄色い種類の紙だったらもっとよかったのに、残念だな。インピョは完成したお札をクリアファイルに挟んでひらひらさせながら保健室に向かった。

「陳子昂は、則天武后の時代の人です。ですからこの詩の内容は、契丹《きったん》征伐に行った際に……」

と、教養あふれる講義を始めようとしたところ、ウニョンは無教養きわまりない態度でインピョの講義をぶった切り、お札だけ奪い取って追い出した。

一日に二回も保健室から追い出されたインピョは、廊下に立って考えた。やっぱり、利用されたみたいだと。

二日めの夜の幽霊探しはあんまり身が入らなかった。歩いているうちにラディのママのドレッシングルームに入り込んだのだが、そこはもうおしゃれ天国だった。こんなにいっぱい服があるのにバスローブばっかり着てるなんて、何という無駄だろう。ウニョンは惜しいと思わずにいられなかった。しかも、タグがついたままの服も何着か見える。このすてきな服をあのきれいな人に着せたらどんなにいいか……。ウニョンの趣味からするとアバンギャルドすぎたが、目の保養になる上等なドレッシングルームだった。そのうえ、なぜだかその部屋には清潔でふかふかしたソファがあったので、ちょっと横になって休んだ。古い服の匂いと新しい服の匂いが一緒に漂っていた。

朝まで待った方がいいかな？

いや、できるだけドラマチックにやった方がいい。ウニョンは夜中の三時にジョシュア・チャン夫婦とラディを起こした。

「この家にあの方の持ち物が残っています」

できるだけ厳粛に見えるように、低い声で宣言した。目が覚めていない一家は、ぼーっとウニョンを見ていた。

「ミスンのものがですか？　そんなはずはないです。いったい何年前のことだと……引っ越しだって何度もしていますし」

ジョシュア・チャンが目のまわりを両手でくいくい押しながら聞き返した。レディの名前は美順《ミスン》っていうのか。学春と美順なんてまあ野暮ったい……全然チャン・ハクチュンという感じのしないジョシュア・チャンは、ぼさぼさ髪にくたびれた寝間着を着てても、やはり童顔だった。

「あると言ってました。絶対必要なものだっていうんですけど、そこまでしか聞こえなかったんです」

ここで引っ込んではいけない。まさか一個もないことはないだろう。

「探してみます」

ラディのママがウニョンと同じくらいきっぱりと答えた。ラディもおとなしく従い、ジョシュア・チャンも寝巻きのシャツをズボンの中にしまってあちこちの部屋の引き出しを探しはじめた。ズボンの中に上着を入れているところはかなりおじさんくさかった気がする。ウニョンも、手伝うような手伝わないような感じで参加した。ウニョンが見たってどうせ見分けがつかないのだから、できるだけ後ろにいた方がいい。

「あ……あった」

本当にあった、とめんくらっているジョシュア・チャンの手には、小さなめがねケースがあった。残りの三人もすぐに近寄ってきた。ふたを開けると、間違いなく一九九〇年代製のナイロールのめがねが入っている。レンズが分厚い。

「ミスンさん、目が悪かったんだね」

ラディのママがめがねに触れ、また手を引っ込めた。

「めがねだったのか」

ジョシュア・チャンが粛然として言った。

「そういえばコンタクトしたままで死んだんだ。はずしてやるのを忘れてた。どんなにうっとうしかっただろうね……」

死んだ人の目からコンタクトをはずすなんて、なかなか思いつかなかっただろう。ウニヨンとしては好都合だったが。

「でも、それをどうして私のところへ来て言うんでしょう？　私は知らなかったのに」

ラディのママがウニョンに尋ねた。

「敏感な方に声をかけるんですよ。他のご家族より、よく気がつかれるからでしょう」

ジョシュア・チャンとラディが、私たちは確かに鈍いよね、とうなずいた。さあ、と注意を喚起してウニョンはお札を取り出した。ラディがさっとライターを持ってきた。

「これを燃やして、めがねを踏んでください」

「踏むんですか？」

ウニョンが最後にきっぱり、踏めと言った。お札が燃えている時間は短く、めがねはひと踏みで壊れた。

そしてすべてが終わった。朝食にはフレンチトーストがふるまわれた。


「ワーストドレッサー一家だなんて、ひどすぎ……」

ファッション雑誌って残酷だなあとウニョンは気の毒そうに嘆いた。インピョがすぐにのぞき込んで、ため息をついた。

「でも、何でこんなに全員そろって強烈な格好するかなあ」

その通り、三人ともまるでやりたい放題のコーディネートで外出したジョシュア・チャン一家の写真が載っていた。ちょっとは色の取り合わせを考えるとか、テイストをそろえるとかすればいいのに、一人はクジャク、一人は戦車、一人は遊園地の風船みたいなファッションなので弁解の余地はない。それがもう二か月前のことだ。ラディのママがバスローブ以外の服を着て外出したこと自体は嬉しかったが、ワーストドレッサーだなんて。写真の上の角には、下向きの親指マークがついていた。影から抜け出してとうとう公式な妻になったのに、世間の目は本当に残酷だった。みんな、レディが死んだときにやっと小学生だったラディのママがレディを暗殺したみたいに意地悪なことを言った。

けれども、そんなこんながあってもラディは楽しそうに見えた。久しぶりに登校すると保健室にやってきた。

「もうちょっとムードがやわらいだら、ママとパパとで夫婦同伴の番組みたいなのに出るんじゃないかな？　人の心はすぐに変わるから大丈夫ですよ。あ、先生もあの雑誌見たんですね。私たちワーストドレッサーに選ばれちゃった、くっくっく。でもいいんですよ、ファッションって本来、ある線を超えたらもう一般的なきれいさの問題じゃなくて、魂の問題だから」

魂ね、はいそうですか、とウニョンが心の中でつぶやいていると、ラディがさっとプレゼントの箱を差し出した。中にはものすごく高級そうなバスローブと、ウニョンが好きな演技派アイドルのサインが入っていた。毛細血管が何本かぱちーんと弾けるような感じがして、嬉しかった。

「これ、額に入れなきゃ。ありがとうね」

ウニョンはその後もときどきジョシュア・チャンやラディのライブ、またはその二人の合同ライブに招待された。チケットはいつも二枚だったので、たいていインピョと一緒に行った。熱狂するファンたちの中で、二人はいつもちゃんとした服装でちゃんと立っていたが、けっこう楽しかった。

「考えてみれば何もしてないのにね。詐欺行為をやって毎度毎度、コンサートチケットをいただけるなんて……」

「うるさいです」

インピョはこんなときにも憎ったらしいことを言う。

ラディはママのために曲を作った。曲のタイトルは「バスローブの女神」。何も予定のない午後、ビロードのソファに座り、バスローブを着た女神と一緒に見つめる不思議な世界を歌った曲だ。一番はにんじんが食べられないのににんじん農場を経営している男が蜂に刺されて死に、養蜂をやっている女性を愛しているという話で、二番は訓練中の宇宙飛行士と、ビスケットの商標を名前に持つ彼のペットが主人公で、リフレインの部分にはあごの骨が大きい深海魚と、ものすごく高いところを飛ぶ虫が出てくる微妙な歌だった。「ラリって作った歌だね」というのが一般的な評価だったが、ラディが何気なく告白した自分の物語であることをウニョンは知っていた。

正直に言えば、ウニョンの好きな歌ではなかった。ちょっと異様すぎたから。でもときどき、雨の降る午後にバスローブを着ていると、ひとりでに口をついて出てくる。バスローブというものは本当に、一度着たら脱ぎたくなくなる服だった。

街灯の下のキム・ガンソン

――アン・ウニョン。

家の前の街灯の下で誰かにフルネームで呼ばれたとき、そんなふうに自分を呼ぶ人は何人もいないのに、とウニョンは思った。聞き覚えのある声ではなかったが、考えられる可能性があまりにも限られていたからすぐにわかった。中学校の同級生のキム・ガンソンだ。背が三十センチぐらい伸びてスーツを着ていたが、昔の面影が残っている。少年時代も少年らしい表情ではなかったので、なおさらすぐにわかったのかもしれない。

ウニョンは嬉しくてあいさつしようとしたが、一見普通に見えるこの同級生に影がないことに気づいた。

――何で喜ぶのやめたの。

だって若すぎるんだもん……何でそんなこと言うのさ……いろんな言葉が舌の先まで押

し寄せてきたが、こういう経験は今日が初めてというわけじゃない。だからウニョンは、軽く誘った。

「ちょっとうちに寄ってく?」

ガンソンは、生きていれば元気な足音がしただろうと思われる歩幅で、ウニョンと一緒に家に上がった。最後に会ったのが十六年前だか十七年前だか、そんなもんだ。そんな気まずい空白を飛び越えて会いに来てくれるところが、死んだ人たちの不思議な感覚だった。

二人は同じクラスで、それぞれに辛い時期を過ごしていた。ウニョンは今よりずっと未熟で、誰も話しかけていないのにいきなり変な返事をしたり、急に血相を変えて友だちの背中から何かをバーンと払いのけたりするので、すでに良い評判をとることは望めなかった。あのころを思い出すと心残りが先立つウニョンだった。もう少し上手にやれていたら何もかもずっとうまくいっただろうに、というわけだ。誰も一緒にお昼を食べてくれない毎日だった。

ガンソンも一人でご飯を食べる子だった。ガンソンがそうなったのは、ガンソンのせいというよりは二学年上のお姉さんのせいだった。ガンソンには二人お姉さんがいた。お父さんは持病が重く、お母さんはもともといなかった。上の姉さんが東大門《トンデムン》で夜のバイトをしてお金を稼ぎ、下の姉さんは若かったからか、性格のせいか、お金を稼ぐ方ではなく取ってくる方を選んだ。背丈はせいぜい百五十センチちょっとだったが、すさまじく怖い。うさぎみたいなツインテールの髪形だったが、不良のリーダーだった。その手の危ない集団というのは変わってて、前近代の王朝みたいなところがある。つまり、いちばん強い男の子とつきあっている子が女子のリーダーになるのだ。何度も追いつ追われつして序列が変わったりしたが、ガンソンの姉さんは誰よりも長く地位を保っていた。

やけっぱちの暴力というものは本来、高校生より中学生の方が得意技だから、生徒たちはガンソンの姉さんとその手下を恐れていた。ガンソンに対しては、嫌うというより、避けていた。ガンソンは正確には手下のうちに入らなかったが、ときどき一緒に行動することもあった。先輩たちと遊ぶこともあれば同学年の子たちとつきあうこともある。属しているようでもあり、いないようでもある。そんな中途半端な態度は普通、許されないのだが、姉さんのおかげでそれができたのだ。

ガンソンは学校にいる間じゅう、授業を聞かずにマンガを描いていた。で、その腕前が並大抵ではなかった。流行っているアニメの主人公たちをそっくりに描けた。八頭身にも三頭身にも描けた。

ウニョンはときどきガンソンを思い出すたび、結局はマンガ家になったのだろうかと、それが気になった。

何か飲み物でも、と言いかけた言葉は良いタイミングで飲み込んだ。先週の末に掃除をしておいてよかったと思った。生きてても死んでいても、家に入れるにはあいまいな間柄だった。

——一人暮らしなんだね。

ガンソンがそう言い、その言葉に若干の評価みたいなものが混じっている気がしてウニョンはむかついた。一人暮らしなのはその通りだけど、今までがんばってきたんだし、死んでるあんたに評価されたくない。

——ねえ、あの人とは一緒に住まないの。

あ、漢文の先生のこと知ってるんだ。死んだ人たちは本当に情報力がすごい。

「そんな仲じゃないって知ってるくせに。あんたは？　あんた、誰かいたの？」

わざと笑いながら聞くと、ガンソンがいないと答えたので安心した。誰かを残して死ぬのに適した年齢ではない。そんなのに適した年齢も適してない年齢もないだろうけど。

——俺、一週間も経ったのにまだ壊れないんだよね。

わざわざ話してくれなくても、ウニョンは見ていた。髪の毛も服も靴もまだ崩れず、しゃんとしたままだ。靴に視線が行くと、ガンソンがそれを脱ぐ真似をおもしろおかしくやってみせるので、ウニョンは笑ってしまう。この世の人と同じぐらい細部が生きている。ゼリーみたいになり、透明になり、かけらが落ちてくるようになるのはまだ遠い先のことのように見えた。

——他の人たちはすぐに壊れたのに、俺はそうならないんだよ。

「若いからだよ」

言っているうちからもう笑える言葉だった。若くてやり残したことが多いからだよ、という意味だったのだが、まるで若くて元気いっぱいだから壊れない、という意味みたいに聞こえる。ガンソンもちょっと笑った。

——それでおまえのこと、思い出したんだ。どうせ少し時間がかかるんなら、その間おまえと話ができるなと思って。

ウニョンはガンソンの前にタブレットPCを置き、絵を描くアプリを開いてやった。ガンソンの指が画面の上を滑っていく。生きている人ほどではないが、かすかに線が現れるので嬉しかった。タッチパネルは死んだ人にも公平だった。

——こんなことできるなんて。静電気なんだな、俺。

「好きなだけ描いてから行きなよ」

二人が隣同士の席になったのは、二人の意思でもあったしそうでないともいえた。隔週で席替えをするのだが、そのとき気に入らない席に当たった子が、自分よりも社会的地位――というか何というか――が下の、とにかく自分より弱い子に、席を替えてくれと言い出すのはよくあることだ。ガンソンの隣に当たった女の子が、あたしと替わってくれない？　と言ったとき、優しそうな声だったたし、実際ウニョンは誰かが声をかけてくれるだけでも嬉しかったので快く替わってやった。ガンソンの放つエネルギーは悪いものには見えなかったから、迷いもなかった。ずっと暗い表情で座っているけど、頭と肩のまわりでは小さなキャラクターたちがトントン飛び跳ねている。別に仲間はずれにされるような子じゃないのに、みんなに避けられていた。

それからというもの、二人は非公式に席替えの輪から抜け、ずっと隣同士で座っていた。二人とも初めから仲間はずれということもあって、お昼の時間にめいめい自分の席で食べているだけでも、一人ぼっちじゃない気がして悪くなかったのだ。陰でひそひそ言われそうなものだったが、二人ともひどく好感度が低かったため、「縁起でもない子同士でずっと隣に座ってらあ」ぐらいですんでいた。列のいちばん後ろの席だった。夏は暑く、冬は寒く、まぶしくて、エアコンの風がすぐ首の後ろに当たり、黒板がよく見えない。一人は落書きをし、もう一人は他の人の頭の上に浮かんでいるエロエロの雲を見ていた。

先に声をかけたのはウニョンだった。自分でも気づかないうちにやったことだ。ガンソンが「スレイヤーズ」のゼルガディスを描いていたのがきっかけだった。ウニョンはそのキャラクターが特別に好きだった。

「ゼルガディスだね。それ、私にくれない？」

どうしてあんな、髪の毛が金属みたいで、体は石におおわれて、無口な人物がいちばん好きだったんだろう？　ガンソンは態度にも出さなかったが、誰かに絵をくれと言われたのが嬉しかったのか、色まで塗ってくれた。やっぱり悪い子じゃなかった。

絶対、今もどこかにあるはずなんだけど……。あのときガンソンが描いてくれたゼルガディスを、ウニョンはコーティングして筆箱にくっつけて持ち歩いた。そしてそれを見たマンガ研究会の子が、同人イベントに行ってきたのかと声をかけてくれた。そうじゃなくてガンソンが描いてくれたんだよと言うと、みんな驚いた。マン研の子たちがどやどや集まってきて、いつの間にかガンソンとウニョンはそのグループに入り込むことができた。ガンソンは絵が上手な子として、ウニョンは霊感少女として受け入れられたらしい。学校じゅうで二人のことをいちばん何とも思わず受け入れてくれる集団だった。もっとも、あんなに色とりどりの、驚くようなお話たちにどっぷり浸かっていたら、そう簡単に偏見にとらわれるはずはない。

ウニョンは今も学校でマン研の子たちを見ると、「あんたたちはほんとにいい子だよ」と言いたくなる。卒業してもずっとマンガを好きでいられたらいいのだろうが、他のことに悩まされすぎて、そうできないのがかわいそうだった。

ガンソンは家の前だけではなく、学校にもしょっちゅう現れた。ついてきたという表現の方が当たっているかもしれない。幽霊が時間をつぶすのに保健室ほどうってつけの場所もなく、生徒たちの足元に立って、あの子は仮病だよとか、この子はほんとに病気だよとか鑑別してくれた。ときにはあっちこっち教室見物もして、教壇や職員室の机に腰かけていたり、バスケットゴールの上に立って、わざとボールをこっそりはずしたりしていた。学校は久しぶりだったらしい。ウニョンは、小さないたずら程度は見逃してやっていた。

一、二回、学校に入り込んだ悪霊をつかまえたときも見物していたが、ウニョンがぶった切った「ぐにゃぐにゃ」がガンソンのところまでころがっていくと、びっくり仰天して後ずさりした。まるでそれに触れたら自分まで悪霊になってしまうとでもいうように、ちょっと離れて立っている。ウニョンはもしかしたら、ガンソンを自分の手で壊してしまうのではないかと心配になってきたが、その手の心配をしているときよくそうなるように、頭の中ではさまざまなシミュレーションが展開された。ガンソンがぬっと現れるたびに不安が拡大する。

いちばん困るのはインピョと一緒にいるときだ。ガンソンはインピョの車の後部座席に長々と寝そべったり、または映画館の座席のひじかけや階段に座ったり、食事するときについてきたりしてウニョンの神経を逆なでした。インピョと手をつないで充電をしているとき、「口でしろよ、口で」と言ってけらけら笑うものだから、八十パーセントぐらい充電したところで手を放してしまった。何よりも、二人がいっぺんにしゃべるのでものすごく疲れる。

――おまえ、マジで趣味悪いよな。顔立ちからしてとんがってて頑固そうじゃん。強いエネルギーは持ってるけど頑固じゃないやつは、いなかったの？　自分一人でも疲れる人生なのに、相手までこんなやつを選ぶなんて……。

「僕の話、聞いてます？　人が話してるときは集中してくれないと。目がもう、あっちを向いてるよね。今、大事な話をしてるのに」

あーもう、二人とも黙ってろよと言いそうになったことが一度や二度ではない。

あの日のことを思い出した。ウニョンが顔に火傷をした日。小さなゼリーが弾けた。それがあんなに熱いとは思わず、油断していて火傷した。熱い熱い指でほっぺたをぐっと刺されたような形の火傷だった。重度ではないが忘れていられるような痛みではなかったため、ウニョンは自分でも気づかなかったが一日じゅう顔をしかめていた。学校のそばで大火事が起きた後だった。そのビルは風俗関係の仕事をしている女性たちの宿舎で、抱え主が玄関も窓も外から締め切っていたため十六人が亡くなったのである。

暴力的な死の痕跡は長く長く残った。まだ子どもだったウニョンは、生きていくのはつまるところ、あまりに暴力的な世界と毎日顔をつきあわせ、ときには避けられず傷つくことなのだと徐々に気づきつつあった。中学生が受け入れるにはしんどい気づきだった。体には力が全然入らず、心は混乱し、課外活動のためにマン研に行ってもなかなか没頭できなかった。もちろんウニョンはもともと絵は描けないので、背景の線を引いたりベタ塗りをしたり、スクリーントーンを切り抜いて貼るのを手伝っていただけだが、その日はそれさえ無理だった。つるつるする厚いマンガ用紙をいじっていると、ガンソンがウニョンを何度かちらちら見て、いきなり言った。

「おまえはさ、キャラの問題だよ」

「何のこと?」

「ジャンルを間違えてるんだ。暗いホラーものじゃなくて、めっちゃ走り回る少年マンガの方がよかったんだよ。そうやってたら、みんなにも嫌われなかったんだ。そんな火傷もしないですんだと思うよ」

「マンガとは違うよ」

「大して違わないよ。だから、俺がちょっと描いてみた」

ガンソンがスケッチを一枚差し出した。そこには、制服を着た五頭身ぐらいのウニョンがちょっと短めにしたスカート姿で描かれていた。五頭身なのが嫌なのか、勝手にスカートを短くされたのが嫌なのかわからなくてとまどった。絵の中のウニョンは片手にレインボーカラーの折りたたみ式の剣を、もう一方の手には銃を持っていた。ウニョンが何か反応する前に、ガンソンが椅子にかけてあった大きなカバンから、本当に折りたたみ式の剣とBB弾の銃を取り出した。古くて傷があるところを見ると明らかに、ガンソンが小さいときに遊んでいたものらしい。

「道具を使うんだよ、この間抜け」

「あ」

「傷ついてないで、軽やかに行け！　ってことだよ」

「はあ」

「コミカル、セクシー、ハツラツ？　まあ、セクシーは無理だろうけど」

そう言いながら、ガンソンがウニョンの平べったい胸（その後も別に発育が良くなったわけではないので、ガンソンの予言が当たったともいえる）をちらっと見たので、ウニョンははっとして消しゴムを投げた。

キャラを変えることは、できそうだった。別のジャンルに行けそうだった。消しゴムが命中した瞬間、ウニョンはそう予感した。

だから今のウニョンは、実はガンソンの設定なのだった。

「剣は折れて六本めだし、銃も三挺めだよ」

でも、ガンソンが最初にくれた剣と銃の破片は捨てられず、箱の中にしまってあるよと、口に出して言わなくてもガンソンはその箱のある本立ての方を正確に見ていた。こんなふうに見抜いてしまうとき、死んだ人たちはちょっと憎たらしい。

ガンソンは短いときには何時間か、長いときには何日間か、消えてはまた戻ってきたが、ウニョンは毎回、彼がまた帰ってくるかどうか確信が持てなかった。こうやって消えているとき、どこに行っているのかも気になったが、妙に聞きづらい。行くとも来るとも言わないでひょいと出ていっては戻ってきて、何ごともなかったようにテレビをつける。何度かの試行錯誤を経て、やがてガンソンはテレビのつけ方に慣れた。生きていたときに見ていた番組の時間を調べて見て、楽しそうに笑った。かと思うと急に、血が染み出した腹をじっと見おろしていたが、ウニョンは及ばない力を振り絞ってそんなガンソンが見えてないふりをした。血は流れてはすぐに消え、ウニョンのソファを汚すこともない。だってそれは本物の血ではなく、血が流れた記憶にすぎないのだから。ガンソンはガンソンで、ウニョンが気づかないふりをしていることに気づかないふりをしてくれた。

ずいぶん変わったつもりでいたけど、相変わらずじれったい性格のままだなあと、ウニョンは自分で自分が情けなかった。どうして死んだの、何があったのと平気で聞ける、きっぱりしたタフな少年マンガの主人公でいたかったけど、できないんだもの。下の姉さんと一緒に悪い世界に入ってしまったのだろうか。それでとうとう、お腹を刺されてしまったのだろうか。

――予感があったような気もする。あのさ、四十巻とか五十巻とかずっと出てるシリーズマンガがあるだろ。あれって、俺が死ぬ前に完結するのかなあって、ときどき思ってたもんな。

「そんなこと、誰だって一度は思うもんだよ」

――墓の中でもラストが気になりそうだよね。あ、火葬されたから墓なんかないんだけど、よくある言い方で言えばさ。

絵は描いてたの？　あんなに好きだったマンガを、やる機会はあったの？　ウニョンは切り出せなかった質問が漏れて出てこないように、しっかりと心を包み隠した。あのころ、倦怠感を隠さず、表情からはそう見えないが繊細なところのあった中年の美術の先生が、進学シーズンになると生徒たちにいろいろなパンフレットをくれた。ガンソンもマンガ関連の高校のパンフレットをもらったが、そこは競争率が高いし遠い地域にあるうえ、学費も経費も高かったので、ガンソンにとっては考えるまでもなかった。だが、近くの実業高校への進学がほぼ確定してからもガンソンがそのパンフレットを捨てず、カバンの中に入れているのを知って、ウニョンはガンソンの手にそれを持たせておいてやりたい気もしたし、取り上げて捨ててしまいたいような気もした。ガンソンに関してはいつも、理由をつきつめようのない感情ばかりが湧いた。

その気持ちの出どころもわからないまま、卒業した。ぎこちない「どうしてるー？」というメールが何度か行き交った。だがついに、二度と顔を見ることはなかった。

ついに、と言ったのは、死んだ後のことはカウントしないからだ。

——クレーン車の事故だった。倒れてきて、そのまま下敷きになっちゃった。間抜けな話だけど俺、そんなことになったらいつでもよけられると思ってたんだよね。よけるどころじゃなかったな。

汚れのついてない顔で、こちらを見もせずにガンソンが教えてくれた。ウニョンはふと、クレーン車の事故のニュースをどんなにしょっちゅう見たか思い返してみた。なぜ、あんなに大きな重い機械が重心を失い、折れたり曲がったり、落っこちてきて人に襲いかかるようなことがよく起きるのだろう。改めて、こんな異常なことって受け入れられないという気がする。

——高くつくからだよ。人よりクレーンの方が。だから古いクレーン車をずーっと使うんだ。検査があることはあるけど、全部合格なんだって。

人間よりものの方が高いという言葉を聞くたびに、生きていくことにあまりにも価値がないように感じられる。

——高層階の作業するために最大限に伸ばしたとき、折れたんだけど、一瞬だったよ。そのとき俺を引っ張り出してくれた同僚たちが、冷たい地面にずーっと座り込みして、補償金を勝ち取ってくれたんだ。姉さんたちはもうあきらめて葬式をやろうとしてたんだけど、ありがたかったな。上の姉さんが体を拭いてくれるときに、麻の衣裳じゃなくてスーツを着せるって言ってすごくこだわってさ。スーツ一着買ってやれなかったって泣くんだけど、俺がいつスーツが必要なことがあったんだ。

ガンソンが働いていて死んだそのビルは、最近注目の的になっているランドマークの住商複合ビルだった。ウニョンもその前を通るたび、その圧倒的な規模とアバンギャルドなデザインに感嘆していた。

「あそこに住みたいと思ってた。事故があったのはちらっと聞いた気もするけど、かっこよく見えたの。ごめんね。いつか宝くじが当たったらあそこに住みたいなって……あんたがあそこで死んだって知ってたら、そんなこと思わなかったのに」

ウニョンが告白した。告白しなくてもばれていたことを。

——何でだよ、いいよ。俺が一生けんめい建てたビルだもん。他の誰より、おまえがあそこに住んだら嬉しいよ。

これから私は、ソウルのランドマークを見ながらあんたのこと思い出すんだろうな。それも悪くないと思った。

——俺、おまえのどこがかわいいか言ってやったことあったっけ?

「そんなの、似たようなことも言ってくれてないよ」

——おでこの角なんだよ。

そう言いながらガンソンが指でウニョンのおでこの線をなぞった。ウニョンは、その指先に指紋も爪もないことに気づいた。服にもしわがなく、耳殻もなく、いろんなディテールが消えていた。

――産毛が、まるで雲みたいなんだよ。髪の毛みたいじゃなくて、やわらかい霧みたいに見える。その、ぼかし加工したみたいなとこ、かわいいと思ってたんだ。

「目とか鼻とか口とかはほめないで、産毛なんかほめてどうすんの。絵じゃなくて現実の人間にぼかし加工なんて言ったら、失礼だよ」

――あの学校、辞められないの？

ガンソンがそう言ったとき、ウニョンは胸がどきんとした。だがほんとのところ、すばやい「どきん」ではなく、どっ――きん、とか、どき――ぃん、というのに近かった。ゆっくりと何かが下降していくのを感じる気持ちというか。折れたり曲がったり倒れたりしないためには、職場と住まいをしょっちゅう変えなくてはならないことはわかっていた。ある日にはその時期はまだ遠いように思えるし、ときどきは近いような気がし、憂鬱な日にはもうその時期が過ぎてしまったように思える。あの世への通路の上に建てられているからなのか、どんどん悪い状態になっていく古い学校で、ひどく消耗しながら暮らしている。ガンソンが辞めるべきだと言うなら、ほんとに出ていくべきなんだろう。けれども、もし今辞めたら、何十年か後にインピョがガンソンのように、できなかった話をしに訪ねてくるかもしれない。もっと悪いケースを考えるなら、ウニョンが先に死んでインピョに会いに行っても、インピョはウニョンを見ることもできないのだ。

「まだ、いなくちゃいけないみたい」

——これからも悪いことが起きるに決まってる場所なんだよ。

「悪いことはいつも、起きるじゃない」

あんたにも起きたじゃない。ウニョンはガンソンの気の毒そうな顔をできるだけ冷静に見返した。どうしようもないんだね、というように首をかしげて笑う表情が、小さいころと変わっていなかった。

——湿っぽくなるなよ、何が起きても。

「うん」

——そのうち姉さんたちが小さい店、始めるはずなんだ。そこに一度行ってやってくれる?

「伝言があったら私が……」

——ただ行って見てくれればいいんだよ。

「わかった、ちょくちょく行ってみるよ」

——何の店かわかってる? 下の姉さんが下着のデザイナーになったんだ。デザインがむっちゃ、エロいんだよ。そんなとこにちょくちょく行くか?

こんどはウニョンが笑うしかなかった。ガンソンとの会話はいつもウニョンがちょっと間抜けっぽくなることで終わった。もっと間が抜けてもいいから、行かないでいてほしい。

ガンソンがウニョンの家の小さな窓ぎわに上って座った。両の手のひらで顔をちょっと隠した。指の節がなくなって、まっすぐだった。

――壊れていけそうな気がする。

もうちょっとだけいなよと言いたかったが、ウニョンは湿っぽくならないように努力した。笑顔のままでいようとがんばったが、うまくいかなかった。ガンソンが網戸に背中をもたせかけた。ゆっくりと、網目の間から、細かい粒子になって散っていった。それからはあっという間だった。

光の粉が、ガンソンが最初に立っていた街灯の方へ舞っていった。箱を持って走っていって拾って集めておきたいとウニョンは思ったが、そうはしなかった。

その代わり、とても久しぶりに泣いた。

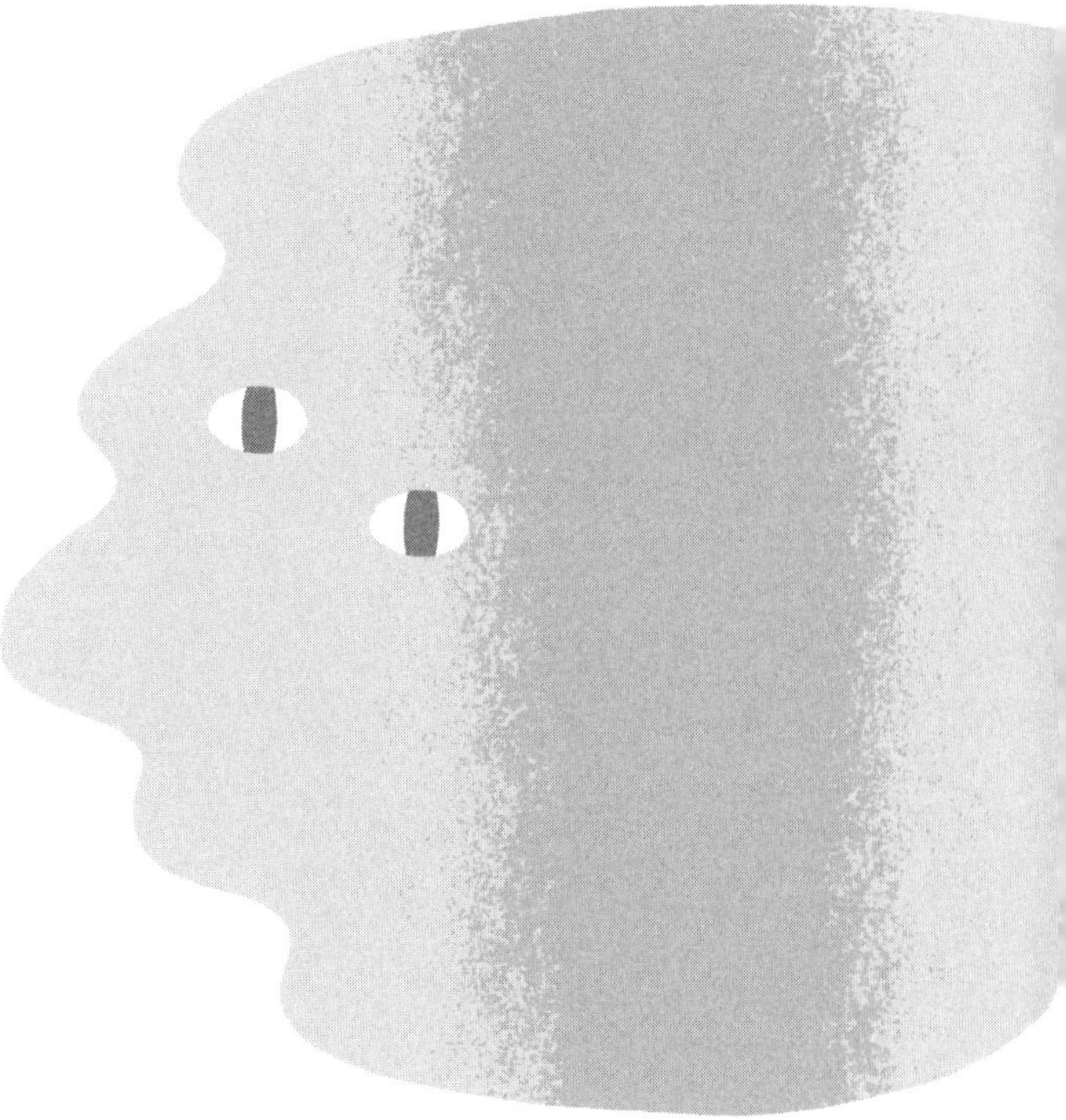

ムシ捕り転校生

今回の転校生が来てから、実はちょっと時間が経っていた。顔がお月様みたいにまん丸くて唇が赤くて、チマチョゴリがよく似合いそうな感じの伝統的美人だ。実際、チマチョゴリではなくどんな国の民族衣装を着せてもきれいに着こなせそうな丸顔だった。この転校生には身寄りがなく、天涯孤独で、施設で暮らしているという話は本当にすばやく広まった。そういう話はどこから漏れ出してどう広がっていくのだろう。

アン・ウニョンは転校生が来るとできるだけすぐに駆けつけて様子をうかがう方だった。変なことが次から次へと忍び込む学校なので、ぼんやりしていては一大事になる。この転校生はぱっと見たところ特別なことはなさそうだった。転校生がウニョンを見てそっと頭を下げてあいさつしたが、礼儀正しい子だなと思っただけだった。

その転校生が昼休みに食事をせずに保健室に来たとき、他の生徒たちも何人かいた。なぜ来たのかと尋ねても彼女が答えず、他の生徒が出ていくのを待っているときから、ウニョンはちょっと緊張しはじめた。保健室に誰もいなくなると、転校生はウニョンの向かいに座って姿勢を正した。

「私は、ペク・ヘミンと申します」

それは名札を見ればわかるという表情でウニョンは次の言葉を待った。

「また、ムシ捕りです」

「それなあに?」

「ムシを捕るんです」

「ムシって?」

しょうがないなあと言いたげに転校生は小さな金属の入れ物を取り出した。どう見ても携帯用石鹼箱のようだったが、その中から透明な、生きている何かをつまみ上げた。

「こういうムシです」

ウニョンには陽炎《かげろう》のように見えた。見ようとしてがんばったが、よく見えない。虫だなー、という微妙な感じだけが伝わってきた。

「よく見えないでしょう? 先生にもよく見えないのですから、ムシ捕りという役割が別途、必要になるのです」

「これ危険なの？」

「くっついたときすぐに取れば大丈夫ですが、長く放っておくと魂が傷みます。百日ぐらい経つと取り返しがつきません」

「ちょっと待って、それってあの、ムシが好かないとか、ムシのいどころが悪いとかって言うときの、あの、ムシ？」

「はい。疥癬《かいせん》を誘発するダニと混同されることがありますが、本来はそういった意味です。まあどちらも、よくない、困ったものという意味では同じですが」

「ほんとにムシがついてるんだ……」

見るべきものは見たと思っていたけど、まだ知らないことはあるんだなあ。ウニョンは職業人として謙虚な気持ちになった。

「主にひじ、すね、睾丸といった、ぶつけたらたいへん痛むところに、しばしば取りつきます」

「じゃあ、どうやって取るの？」

「たいそうしっかりくっついておりますので、爪の先にしっかりと力を入れて取らなくてはなりません。足や針が残らないよう、ゆっくりと取らなくてはなりません」

「その後は？」

するとペク・ヘミンは、それまで指の間でゆらゆらしていたムシを口に入れた。ウニョンが何か言う前に、がりっと殻を嚙む音がした。ペク・ヘミンは何度も嚙みもせずにムシを飲み込んだ。

「ムシ捕りの胃酸によってのみ、完璧に死にます」

「ああ、胃酸ね……」

「先生、この学校にムシが集まってきております。それで私が転校してきたのです」

「それ、悪い現象だよね？」

「ムシ自体の本性は単純で、邪悪というほどではありませんが、このように押し寄せてくるのは、悪いことの前兆のようなものと見ることができます」

ともあれ、今後よろしくお願い致します、と丸顔のムシ捕りがあいさつをして教室へ戻っていった。友好的で有益な初顔合わせであったが、ウニョンの頭の中では、かわいい女生徒が透明なぴくぴくする気持ち悪い虫を飲み込む場面が何度も再生された。

「あの子がですか？　あの子ほんとに、普通の子ですよ？」

インピョは、ウニョンが遠くから指さしたヘミンを見て戸惑っていた。あの子がごっくんと飲み込んだんですよと言われてもなかなか信じられない。

「何だか縁起でもない事故が続くからねえ。ムシっていうんですか？　それ、僕にもついてないかな」

インピョが服を念入りに手で払った。

「先生にはそんなもの、五メートル以内にだって入ってこられませんよ」

ウニョンはその前日、郵便局の配達のおじさんのオートバイに轢かれた男子生徒のことを考えた。あれもムシのしわざだったのかな？　郵便局のおじさんは初老のジェントルマンで、類を見ないほどののろのろ運転をする人だった。その生徒は、わずかに傾斜のある進入路でテニスボールで遊んでいて急に後ずさりし、ゆっくりと運転してきたオートバイに轢かれたというより、からまるような感じでころんでしまったのだ。おじさんは擦り傷程度だったが、生徒は靭帯が切れた。二人とも、本当に運の悪い事故だった。ムシだったのか。ムシがあの子の靭帯を切ったのか。

「そうかなあ、あの子、毎日売店で買い食いしてるだけなんだけどな」

あんなにいろんなことを経験してもウニョンを信じられないインピョだった。確かにペク・ヘミンを見かけるのは主に売店だったが、いつの間にあんなに交友関係を広げたのか（ひょっとしたら生徒たちが、ヘミンが有益な存在であることに本能的に気づいたのかもしれない）、毎回違う子たちと違うものを食べながら階段を上ったり降りたりしており、ウニョンと出くわすとちょっとはにかみながらあいさつした。

そして胃酸過多で保健室に来て、胸焼けの薬をもらっていくのだ。

「いちご味と書いてありますが、全然いちごの味ではありません。これ、嘘ですよ」

薬のチューブをぎゅーっと絞って飲みながら、ヘミンはこぼした。

「その、『ではありません』っていう言い方、最近の子はしないよ」

「そうですか？　そのためでしょうか、友だちにからかわれます」

「それより、売店のおやつあんまり食べすぎると体に良くないよ」

給食は味が薄いし、ヘミンのいる施設では食事をちゃんとくれないのかも、と心配になったウニョンはそう言った。

「大丈夫です」

「ただでさえ、あんたは体に良くないものをしょっちゅう食べてるのに。ムシだって、どう見ても健康食とはいえないじゃないの」

「ここにはムシがあんまりいっぱいいるので、すぐに胃酸過多になってしまうのです。食べても食べても捕っても捕ってもきりがありません。それで売店にしょっちゅう行くのです。空腹だとなおさら痛むから食べるのであって、売店のおやつが好きで食べているのではありません！」

ペク・ヘミンが口答えしたが、こんどはウニョンが嘘をついてるなと思った。

「健康のこともちょっと考えないと」

「どうせ私、人間ではないんですから」

「え？　違うの？」

「違います」

「完全に人間なんだけど？　私の目には。いや、私の目でも」

「違います」

「どういう面で？」

「私はいきなりっ子ですから」

ウニョンはあっけにとられてヘミンを見た。ヘミンがめんどくさそうに説明を続けた。

「ほんとに、いきなり来たんですよ。両親がいません。ただもう、ある日目が覚めたら存在していました。いつもこの近所に生まれます。ずうっとこの一帯二十三・八平方キロメートル内に生まれてきました。行政区画は何度も変わりましたが」

「いつから生まれてたの？」

「記憶があるのは、百済の初期のころあたりからですかね」

ウニョンは、今からでもヘミンに対して敬語を使うべきだろうかと真剣に悩んだ。

「その後も、何回も……？」

「ずっと続けて生まれ変わったのではなく、ムシが増殖するときに合わせて生まれますので、四十八回めでしたか九回めでしたか」

「じゃあもしかして、誰かが、どこどこに行ってこれをやれって指示してくれるの？」

　尋ねるウニョンの声に何らかの期待感を感じたのか、ヘミンの赤い唇がほほえんだ。生まれ変わりをくり返したこの女の子にはリップグロスなんかいらないなという気がした。

「そういうことはありません。先生も私も単にシステムの一部です。コンピュータを習ってわかりました。バグが生じるとパッチファイルが作られるでしょ。私たちはそのような存在です。私はムシをつかまえ、先生は人間が放つ悪いエネルギーをキャッチして、エラーを修正するのです。最近になってわかったんですけど、私の場合はほぼNPC、ノンプレイヤー・キャラクターっていう感じですね」

　ウニョンは内心、がんばってがんばって人々を守り、助けていたら、白いひげを生やしたり玉のかんざしをつけたりした誰かがある日訪ねてきて「ご苦労さま、余生は楽しく暮らしなさい」とほめてくれて解放してくれることを願ってきたのだ。ペク・ヘミンの口から、そういう存在はいないと言われると、わかってはいてもやっぱりがっかりした。

「とにかく、私の心配はなさらないでください。私にはあと二年半しか残っていませんから」

「何が二年半なの？」

「寿命です」

「そんなはずは」

「この前の前に生まれたときも、せっせと生きて二十歳まで行けばそんなに短い方ではありませんでした。疫病にかからなくても二十歳まででしたもんね。最近の子たちはほんとに、ちっとも死なずによく生きますねえ」

だが、システムはそのことを知らない。アップグレードがうまくできていないので、ペク・ヘミンの寿命は短いままだということだった。ウニョンは二十歳で終わってしまう人生というものの見当がつかなかった。ムシ捕りではない普通の人でも、早すぎる死を迎えることはときどきあるが、それをくり返すのはまた別の問題だ。

やっぱり、むこう側には誰もいない。誰も助けに来て、よくがんばったとほめてはくれないのだ。その夜、ウニョンはヘミンとファストフードを食べることにした。

グラウンドでの朝礼の時間だった。出席しなくても気づかないだろうと思って何度もさぼっていたら注意のメモが回ってきたので、最近はさっさと出ていくウニョンだった。朝礼を放送でやる日はほかのことができるのだが、グラウンドで朝礼をやる日はいつも必ずいいお天気だった。

校長先生の訓話はなぜ、時代が変わってもこんなにおもしろくないのか。誰かが校長先生を対象に、おもしろく話す研修プログラムを組むとか、または話を短くする方針でも出してくれたらいいのにとウニョンは不満たらたらだった。ひょっとすると、よほどのことがない限り、おもしろい人たちは校長先生になれないのかもしれない。でも、数はとても少なくてもどこかには確かにおもしろい校長先生のいる学校があるはずで、次に就職するときはそういうところを探さなくちゃ。ちらっとそんな話をすると、インピョが「うちの親戚なのに、責めないでくださいよ」と言って渋い顔をしたものだ。大した学校でもないのに一族経営なんて、と皮肉を言いたかったが、ぐっとがまんしてデザートを食べた。

生徒たちが整列している間を歩いていると、新入生たちはちょっと緊張するが、二年生以上はもうウニョンが怖くないことを知っているので、ずっと騒いでいる。ウニョンも彼らを静かにさせるために歩いているのではなかった。目立って変な兆候がないかどうか、見回して、ざっとスキャニングしているのだ。ちょうどペク・ヘミンのクラスの後ろを通り過ぎると、ヘミンが仕事中らしい。ウニョンは興味深くそれを見守った。ヘミンは、頭をぐらぐらさせて肩も傾いている男子生徒の後ろにぴったり立って（たぶん整列するときに無理やり割り込んだのだろう)、ムシを一匹つかまえたところだった。

「おい、おまえ、何で男子の列に立ってんだ?」

物差しを持って行ったり来たりしていた政治経済の先生がヘミンをつかまえた。ああああ、その子はそっとしといてよと思いながらもウニョンは割って入ることもできず、離れてどっちつかずに立っていた。いつも、石頭だなあと思っていた先生だ。何でいちばん頭の固い人が政治経済を教えてるんだろう、こういう科目ほど性格の良い人が教えるべきなのにと思わされる、そんな種類の人なのだ。

「口に入れたのは何だ?」

「何も入れてません」

「口がふくらんでるじゃないか。こら、朝礼の時間に何を食べてるんだ? 吐き出せ!」

ペク・ヘミンはとても気分を害したようだった。まだ飲み込めないムシが、キャンディのように出っ張っている。ちょっと動いたりもしている。あのまま噛んだら音がしちゃうよー、とウニョンは緊張した。

ペク・ヘミンは口を開けると、舌でそっとムシを突き出した。

その瞬間、ウニョンははっきりと見た。ぴょん、と小さな「ぐにゃぐにゃ」が政治経済の先生の方へジャンプするのを。そして罰点をもらっている間も、ムシ捕り少女は赤い唇でかすかに笑っていた。たぶん、すごく危険になるまでは石頭先生からムシを取ってやらないつもりなんだろう。

いじめるのもいい加減にして、取ってやりなさいって言わなくちゃ。この娘、危険だ。

先生、と耳に心地良い声で言いながら、ペク・ヘミンが保健室のドアを開けて入ってきたとき、ウニョンは反射的に胸焼けの薬を差し出した。

「違います、今日はそれじゃありません。生理痛」

「あら」

どうせムシ捕りにしたのなら、そんな苦労はなしにしてやりゃいいのにさ、とウニョンはシステムの欠陥について考えた。繊細じゃないんだよなあ、チッチッ。配慮がないよね、チッチッ。舌打ちしながら鎮痛剤を渡し、水も注いでやった。いつものウニョンなら水まで注いでやったりはしない。

「女に生まれたのは初めてです」

「四十何回も生まれたのに?」

ベッドにくしゃくしゃになったように倒れた姿勢で、ペク・ヘミンがじっとウニョンを見た。

「女があちこち歩き回ったり、他人にそっと触ってもかまわないようになったのは最近のことですよね。それに、戦乱時にはレイプされたり殺される危険性もずっと高いですし。私の選択ではありませんでしたが、今までは自動的にずっと男でした」

「で、女に生まれてどう？」

「新鮮です。生理痛を除けばだいたい、いいです」

男だったときも、あんな丸顔に赤い唇だったのだろうか。ウニョンは聞いてみたくなったが、いくらムシ捕りとはいえ外見に敏感な年代だから、がまんした。

「好戦的な気分でした。死ぬ日が近づいてくると先頭に立って戦っていました。どうなってもかまわないと思っていたのですから、未熟で無謀な兵士でしたね。戦乱のない時代に生まれたことはありません。いつも近くに戦争がありました。でも今回はそんな気持ちにならないです」

「初めて女に生まれて、初めて平和な気持ちなのね？」

「はい」

生きたいです、とペク・ヘミンの顔が語っていた。二十歳以後も生きていたいです。実はウニョンもその前からヘミンのそんな気持ちに気づき、様子を探っているところだった。地域活動をしていないというのがウニョンの限界だった。誰とも親しくなっていない。

そういう方面のコミュニティは、ささいなことでブラックマーケットになってしまうから。連絡したくない人に連絡しなくちゃいけないな、とウニョンは心のどこかがぐっと凹むような気分で思った。とはいえ知らない敵よりは、知ってる敵の方がまだましだもんな。

マッケンジーはウニョンの連絡を無視せず、翌日すぐに学校に訪ねてきた。ただ来たのではなく、これ見よがしに大きな車に乗って現れた。インピョの車とぶつかったらこっちが半壊しそうな大型セダンだ。車から降りたマッケンジーは、ぱっと見ても新品とわかるハラコのジャケットを着ていたが、見えないものが見える能力があるにもかかわらず、母牛の腹から取り出した胎児の皮で作るものを選ぶなんてマッケンジーらしい。見る能力のない人なら、残酷な工程を経て作られる皮革製品や、ガソリンをものすごく食う車に鈍感なこともありうるだろう。だが、はっきり見える人の選択としては最悪だという思いが拭えない。見る人によっては、マッケンジーの変化は運勢の上昇ということになるのだろうが、ウニョンには、長くもない時間の間に彼がものすごく濁ったように見えた。善き指針や、何にも増して上位に位置する価値観がなくても生きていけると信じている人特有の汚濁感に、ウニョンは耐えられなかった。

「何であのような者を呼んだんです?」

ヘミンもため息をつきながら言った。マッケンジーはマッケンジーで、いきなり近づいてきてヘミンの口を開けさせた。スマートフォンのライトで口の中を照らして見ている。ヘミンが抗議の身振りをして頭を曲げたが、放してやらなかった。

「バグ・イーター？」

マッケンジーが顔をしかめて聞いた。

「それ、取っちゃうことできる？　ムシ捕りの属性だけ削除して、普通の子にしてあげられる？」

「できない。人間だったら何を駆除してもいいけどな。種子で取れるようなレベルじゃないね、胃を全部摘出しちゃうしかないかな」

興味なさそうにマッケンジーが後ろへ下がった。

「費用は負担するつもりですが、それでもどうにもなりませんか？」

インピョがとりなした。

「うわー、あんまりだ。傷つきますねえ。ホン先生、私は金だけでは動きませんよ。在米韓国人だからって、アメリカ式のお金大好き人間に見えます？」

ウニョンは移民した親戚たちのことを思い出して嫌な気持ちになった。私があんたを嫌いなのは、あんたがずっと悪いことばかり選択するからであって、あんたが属しているどんな集団のせいでもないのよ。この軽蔑はきわめて個別の軽蔑なんだよ。この嫌悪感は外に広がっていくものじゃなくて、あんたをターゲットとしてしっかりつかんでるんだからね。何百万人もの海外同胞のことは優しい気持ちで考えてるけど、あんただけは嫌い。誤解も他の文脈も入り込む余地はなくて、あんたがひどい悪さをするから嫌いなの。憎しみには常に罪の意識や自己検閲がつきものだけど、マッケンジーに対してはそれがない。マッケンジーへの憎しみには、明快な、せいせいするところさえあった。

「二億ウォンもらえたら、まあやれるところまでやってみますよ。バグ・イーターにはみんな触りたがらないからね。バグ・イーターが減ったせいでニューヨークでは床ジラミが大発生したし、日本では殺人ダニで騒ぎが起きたのを知りませんか？　難しい仕事ですよ。二億に、追加料金がちょっと発生することもあると思いますが、できるだけ発生しないようにしてあげましょう」

見積もりが終わったのか、にこにこしてマッケンジーが言った。ウニョン、インピョ、ヘミンはそれぞれ、二億という金額について考えながらしばらくそこに立っていた。

「あ、ごめんなさい。私、もう一度死んでまた生まれますからそれでいいです。大したことじゃありません。そんな迷惑かけられません」

ちょっと黙ってなさいと、うろたえるヘミンをインピョが落ち着かせた。どうしたら家族にばれないように二億ウォンを動かせるか考えをめぐらせながら、マッケンジーにむかって小さくうなずく。どこかに絶対、裏金があるはずだ。私学財団なんだから、ないわけがない。母さんの絵をこっそり持ち出して売ろうか。一、二点なくなったからってすぐにばれるもんか。とはいえ二億となると、ちょっとは大きい絵を売らなきゃならないよな、と頭の中でリストを作成しているとマッケンジーが口座番号を教えてくれた。

「私の口座番号、すごくリズミカルなんですよ。だからすぐに覚えられるらしいです。ね？」

幸い、こんどはインピョのベルトをつかんで取り押さえたりせず、マッケンジーはおとなしく学校を出ていった。濃いカーフィルムを貼ったセダンが、セダンらしくない軽薄なターンをして学校を出ていくまで、三人は黙っていた。

「金はどうにかなるよ。問題はあの人を信じていいかってことだ」

インピョが言った。

「私はほんとに大丈夫です。もっと生きられることになったら、まずは大学に行かなきゃいけないし、就職もしなくちゃいけないし、悩みが増えちゃいます。先生たちからお金はいただけません」

ペク・ヘミンがもう一度固辞の意思を表明した。すると、それまでひどく無口だったウニョンが、今までインピョが一度も見たことのないような邪悪な微笑を浮かべた。

「あの下司野郎、自分がむっちゃ頭いいと思ってるらしいけど、とんでもないど間抜けだよ。金なんか出さなくていいですよ。必要な情報はみんないただいたから」

「内科的治療が十分に可能な胃潰瘍なのに。出血はちょっとあるけど、まだ穿孔《せんこう》や狭窄《きょうさく》は起きてないからゆっくり治療すればいいんだ。いったい何で、胃の全摘なんて……」

オ・ドンホ教授は色白な女生徒と、その後ろに対角線に座っているウニョンが理解できなかった。この程度の胃潰瘍で総合病院に、しかも外科にまで来るなんて、いったいどんな紹介状をもらってきたのか気になるほどだ。生徒は切れ長の目をそっと伏せており、ウニョンが口火を切った。

「先生、ご存じでしょう。私がお願いするときには理由があるってこと」

オ教授はもちろんそれを予想していた。アン・ウニョンがこの病院で働いていたときに世話になったことがあるからだ。生きたいという人々の気持ちが教授の背中に塔のごとく積み重なっていった結果、ぎっくり腰になったのだ。ぎっくり腰にいいといわれる施術はすべて受け、手術も一回やったが、再発して苦労に苦労を重ねていたとき、アン・ウニョンが助けてくれた。人のいない廊下で出くわしたウニョンが変なプラスチックの棒で気がふれたように背中をたたいたときには、実はかなりショックを受けたが、その日以来背中も腰も快復した。驚くオ教授にウニョンが言った言葉を、困難な選択を前にするたびに反復している。ウニョンはこう言った――仕事熱心なのはいいですが、断ることも覚えなくちゃいけませんよ。断れないままだったら、私がどんなにたたき落としてあげたって、過度の業務も、煩わしさも、またたまっていきますよ。心の中だけでもいいですから、きっぱりとノーって言ってみてください。

「ノーって言ったらどうするつもりだい?」

ウニョンはゆったりかまえて、私にそんなことおっしゃるなんてという表情で横を向いた。

「ウニョンさんなら確かに理由があるだろうけど、こんなに若い患者さんの胃をなぜそっくり切除するんだね。君、胃を取っちゃったらどんなにたいへんだと思う? 体全体に影響が出るんですよ。当然じゃないか? ごはんもちょっとしか食べられないし、水分吸収の速度がずれると吐き気もするし、低血糖になったら怖いよ。本当に深刻な状態になった人だけが全摘するんですよ。何だってこんな……」

「死ぬんです」

診療室の照明を反射しそうなほど白い顔をして座っていたペク・ヘミンが言った。

「この程度の胃潰瘍では死なな……」

「私は死ぬんです」

オ教授はヘミンの顔に必死さを読み取った。アン・ウニョンは急に病院を辞めて学校に就職したが、いったいそこで何をしているのだろう。オ教授は好奇心を覚えた。

「先生、先生に断られたら、他の先生を探して回ることになります。でも、私の事情もご存じない方たちには全部断られるに決まってます。そしたら私とこの子は無免許医師の、信用できない手術室に行くことになるかもしれません。私はどうしても先生に診ていただきたいんです。先生の腕は最高なんですもの」

「……そんなこと言ったって」

「せんせーい」

「ウニョンさん、それじゃ、年に一回、私の背中をたたきに来てくれるかね？」

「最近も腰が痛いんですか？　そんなに積もってないですけど」

「だって、今断れなかったから、これからまた積もるだろ」

わかりました、と言ってウニョンは笑った。李朝時代の画家、申潤福《シンユンボク》の美人画から出てきたような女の子も一緒に笑った。オ教授は、とうてい断れそうにないコンビだから仕方ないさと自分を慰めながら、手術日程表を開いた。

ペク・ヘミンはゆっくりと麻酔から覚めた。よく思い出せないが、薬が効いていたので変なことを言ったような気がする。保健室の先生と漢文の先生が小声で笑っていたのが耳に残っている。すごく恥ずかしいことじゃなければいいがと願いながらヘミンは目を開けた。

のどが渇いて、寒くて、頭が痛くて、何とも言いようのない「手術の匂い」がしたが、燃えるような感覚は消えうせていた。高熱に炙《あぶ》られてじりじりと溶けているようだった、ムシを入れておくあの入れ物が、消えていた。

「触っちゃだめ」

無意識に手が胸の方へ行ったようだ。ウニョンが優しく止めた。

「どう？　大丈夫そう？」

インピョはまだ不安そうだった。

「私、何か言いましたか？　何か言ったみたいなんですけど」

他人のもののように感じられる舌を動かしながらやっと尋ねると、二人の先生がまた笑った。

「大学生になりたい！　って」

「こんなことなら勉強しておくんだった！　って」

先生たちの声真似を聞いて、ヘミンは恥ずかしくて気絶しそうになった。できるよ、今からでもやればできるよと応援されたが、気がせいてきた。生きていくというのは焦ることとなんだな。欲が出ることとなんだな。めんくらっているうちに、老いたムシ捕りの心はだんだん若返っていった。


ムシたちがどうなったのかは誰も知らない。手術後にもヘミンの目にムシが見えることはあったが、だんだんかすれていって、ほとんど見えなくなった。ひょっとしたら他のムシ捕りが生まれたのかもしれないし、ムシの群れが発生しなくなったのかもしれない。

「あんたとはもう関係ないのよ。もうムシ捕りじゃないんだから。もしもムシが大発生したとしても、あんたの責任じゃないよ」

ウニョンはそう言ってやった。四十何回もムシをつかまえるために生きたんだから、世の中への貢献はもう全部すませたも同然だとも言った。古典的な顔ですさまじい現代を生きていくことに集中しなさいというアドバイスには一理あったので、ヘミンはそれを嚙みしめた。インピョはヘミンのために卒業生対象の奨学金をもう一種類創設し、その気持ちがありがたくてヘミンは泣きながら勉強した。

余談だが、卒業後もよく連絡してきていたヘミンからしばらく便りがなく、その後、長い歴史を持つ害虫退治防除会社に入社したと言って、誇りと喜びにあふれた顔をして訪ねてきたとき、二人の先生は若干当惑してしまった。良い会社だということは聞いて知っていたが、何でまた、いったい、なぜあえてそこに。

二人の当惑顔を見て、ヘミンは赤い唇で笑った。

穏健教師パク・デフン

パク・デフンはM高校の歴史教師四人の中でいちばん年下だった。そのため先輩たちから、教育課程の改訂によって変わる教科書の評価と選定を任せられたときは、単に業務をもう一つ担当するだけだと思っておとなしく受け入れた。デフンが八種類の教科書を検討する際の基準は、叙述が整然としていること、収録された資料が正確であること、生徒たちが学習する際に便利であることだった。他の科目もそうなのか、歴史が特にややこしいのか、教科書の校正を十回も出すと言われるが、それでもときどき間違いがあり、綿密に調べなくてはならなかった。苦労の末に順位をつけてみると、上位一、二、三位は実際、どれを選んでも問題ないほど高水準だった。他の学校にいる同期生たちに聞いてみたところ、みんな似たようなものを選んでいるらしいとわかり、安心して提出した。

そして校長からの呼び出しが来た。

「パク先生はアカなのか？」

校長室に入るや否や顔を紅潮させた校長がいきなり怒鳴った。どっちがアカかったかといえば、校長の顔の方だったと思う。

「はい？」

「デモやってたのか？　大学時代に」

「いえ、やっていませんが」

本当にやっていなかった。どの大学でも歴史教育学科の学生がいちばん社会運動に積極的だが、それもそのはずで、歴史を少しでも勉強すれば、社会が歴史的に順方向へ進んでいるか逆方向へ向かっているかがはっきりと見えてくるからだ。そのように明確な政治志向性を持つ学科において、デフンは常に最も穏健なグループに属していた。ナーバスな問題について、先頭に立ってスローガンを叫ぶような性格ではなかった。生まれつきそうだったのだ。デフンの両親も穏健な性格だったし、祖父母も同じだった。デフンは、どこまで遡れるか自分でも想像がつかない穏健さの系譜の最後尾に立っていた。デフンの最後の彼女は別れる直前、そんな彼に「ダッチコーヒーみたいに鈍くて冷たくてカフェインレス」という暴言を浴びせたが、ダッチコーヒーが好きだったデフンにとっては、さらに傷が深かった。

「で、なぜK社の教科書が最下位なんだ？」

「かなり質が低いからですけど？」

マスコミでしばらく物議をかもしていた親日派問題や独裁擁護問題も深刻だが、それを別にしても全般的に非常に劣るというのがデフンの正直な評価だった。叙述には一貫性がないし、内容も散漫で、資料集の出典もめちゃくちゃだった。基本概念の説明が間違っている箇所まですぐ目についたので、悩むまでもなく候補から落とした教科書だった。

「パク先生がこんなことをすると、私学校長会に出席したときに私の顔が立たないんだがね？」

「……他の学校も採択していないようですよ」

「そんなときにわが校が先頭に立って採択したら、どんなに立派に見えるか」

「いえ、そんなことはないと思います」

「ほう、それはパク先生、見損なったな。ひどく見損なったもんだ。再検討しろ！」

「私がやったら何回でも同じ結果が出ると思います」

デフンももうそろそろ、嫌な気持ちになりはじめていた。デフンの専門領域を侵害するだけでなく、合理的な選択を、何らかの政治的偏向の結果のように見て、根拠もないのに攻撃するからだ。血の気の多い先輩教師なら校長と同じように怒鳴っただろうが、デフンはこういうときにいっそう頭が冷静になるタイプだった。教育じゃないものがしょっちゅう教育の邪魔をするのだから、たまったもんではない。校長室から出て教員室に戻ると、ため息が十五回くらい出た。

「私たちはもう校長先生ににらまれてて何もできないんだ。それでデフン先生に頼んだんだよ」

状況を説明して他の先生に教科書採択を譲ろうとしたのに、誰もなかなか引き受けてくれない。先輩たちは教科書を押しつけただけでなく、校長先生本人を押しつけたのだ。それにやっと気づいて悔しかった。

「私はもめごとに強い人間じゃありませんよ。どうしたらいいかわかりません」

「だから、もう再検討したって言って、二位か三位ぐらいにして提出しな。最終採択にさえ残らなければいいじゃないか。校長先生もそれなら顔が立つと思って負けてくれるよ」

「どうしてあんなのを二位や三位にできます？」

「二位と最下位と何の違いがある？」

「違いありますよ。そんなことやって校長先生が、一位と二位に何の違いがあるって言い出したらどうします？」

いちばん親しい先輩の言うことも全然慰めにならなかった。パク・デフンはその日から悪夢を見はじめた。生まれてから一度も経験のない、くり返し見る夢だった。

多様な解釈をする余地もない悪夢だった。夢の中でデフンは授業をしていた。デフンは七クラスの授業を受け持っているので、最初の二クラスぐらいはスムーズにいかないことがあっても、後の方のクラスではほとんど自動的に授業を進めることができた。演劇をやったことはないが、たぶん公演の最後の時期の舞台俳優がそういう状態なんじゃないかとときどき想像していた。体で覚えた完璧な没頭状態ということだ。そんなふうに気持ちよく授業をしているのだが、黒板に板書をして振り向くと生徒たちが一変している。そこからが悪夢だった。

最初は確かにいつもと同じ生徒たちなのに、振り向くと死んだ人たちが座っているのだ。恐ろしい姿ではなかった。だが、その身なりや、焦点の合っていない目、開いた口は、どう見てもずっと昔に死んだ人だった。みんなセピア色だった。何という色かわからなかったので、デフンはカメラのアプリで調べてみて初めてセピア色という言葉を知った。まさしくセピア色だった。

ちょうど教科書に載った写真が帯びているような、そんな褐色。

すると突然、のどが麻痺した。回して開け閉めするタイプの水道の蛇口を閉めきってしまったように、一言も出てこない。デフンは咳をしようと試みた。のどが通るようにと教卓の角をつかんで必死にがんばったが、うまくいかない。一班から四班までぎっしり並んだ死んだ人たちは、そんなデフンを無言で見守っているだけだ。死んだ人たちが怖いのか、声が出ないことの方が怖いのか、デフンは判断がつかなかった。それもそのはず、健康な声帯はデフンの教師としての自信のかなりの部分を占めていたからだ。声のよしあしの問題ではなく、どんなに授業をいっぱいこなしてもすぐには嗄《か》れたり出なくなったりしない、持久力のある声帯ということだ。声帯結節で苦労している同僚は少なくなく、声がだめになったら、他に良い資質がどんなにあっても教師生活は辛いものになる。デフンは朝になるとのどをおさえて飛び起きた。あ、あー、あーー。目が覚めるとのどを確認してみるが、何となくふだんよりつっかえたような声が出る。唾を飲み込むのが難しく、イガイガして感じられる。

死んだ人たちが抗議しているのだろうか。脅迫しているのだろうか。何日も悪夢が続くと、迷信を信じないデフンでもそんなふうに思うしかなかった。

「何日か前、ちょっとご苦労なさっていたと聞きましたが」

教職員食堂で、そう言いながらホン・インピョが前の席に座ったとき、デフンは苦情処理班が動いたことを悟った。公式的なものではないが、インピョが担っている役割はまさにそれだった。校長とデフンの反目が、非公式的ではあれ大々的な問題になったことがこれではっきりした。デフンは食欲を失った。

「いえ、あの……」

「私も声をかけてみたんですが、思ったより頑固でいらっしゃる」

インピョがそっと顔をしかめながら、校長の悪口にならない範囲でひそかに不満と同意を表明してきた。

「もっと率直に申し上げるなら、校長先生の主張はうちの学校の校風とあまり合っていないと考えています。そんな教科書が採択されたら、亡くなった創立者も心を痛めるでしょう」

デフンは、インピョが自分の祖父を「創立者」と若干距離を置いて呼んだところが気に入った。みんなが知っていることとはいえ、姿勢の取り方に慎重に配慮している様子は好感が持てた。創立者についてはデフンもいくらか調べてみたことがある。一九二〇年代に生まれ、二〇〇〇年代に死ぬまで大きな汚点のない人生というのは尊敬に値すると判断していた。デフンの考えでは、二十世紀は汚点を作らずに生きることが簡単な世紀ではなかった。M高校の教員募集広告が出たとき、もっと良い学校をさしおいてここを志望したのは、創立者が立派な人だから校風も良いんじゃないかと期待したためでもあった。

「保健室においしい紅茶があるんですが、ご一緒しませんか?」

いつもなら婉曲に断ったはずだが、デフンはなぜか思わずインピョの誘いに乗った。苦情があるのだから苦情処理班についていこうかという、衝動的な行動だった。思いきり悩みを打ち明けられる相手では全然ないが、食後のお茶一杯ぐらいなら良いかもしれない。

保健室に行くと、インピョとつきあっているという公然の噂が常にある養護教諭が、もうお湯を沸かしていた。常日ごろ健康体質のデフンが保健室に足を踏み入れるのは初めてである。学校にはすっかり慣れたと思っていたが、まだ行ったことのない空間が残っていたんだなと改めて不思議になり、保健室の中を見回した。

養護教諭の机の上には平面図が広げてあった。見ればすぐにそれとわかる、学校の平面図だ。

「学校ですね?」

デフンは好奇心にかられて尋ねた。ああ、これですね、と簡易テーブルに紅茶を置きながらウニョンがデフンの方を振り向いた。そして、言おうか言うまいかちょっとためらうような表情をした。

「実は私、悪夢を見るんですよ。学校に閉じ込められる夢を何度もね。変でしょ?」

「変なことないですよ」

デフンは養護教諭もそれなりにストレスが多いんだろうなと思い、うなずいてあげた。

「ずいぶん良くしてあげているのに、学校へのご不満がそんなにあるなんて寂しいなあ」

インピョはデフンのようには肯定してやらず、そうぼやいた。

「でも、どうして学校の地図を……?」

「あ、どこかで読んだんですけど、夢の中では空間把握能力がおかしくなるじゃないですか。それで、目が覚めているときには慣れてる空間でも、夢の中では閉じ込められたり迷ったりするんですって、だから、そういう悪夢を見るときには自分の前にその空間を描いたり、矢印を表示してみたりするといいんですって」

「そうなんですか」

デフンはもう五日間というもの、死んだ人たちが座っている教室の夢を見ていたので、あの教室から出ていけるならいいなあと思った。

「その平面図はどこで手に入れたんですか?」

「お? デフン先生も要りますか? 一枚あげましょうか?」

インピョが素早く割り込んだ。

「はい……。実は私も、教室に閉じ込められるのとよく似た夢を見ることがあるんですよ」

閉じ込められているのはこっちなのか、死んだ人たちの方なのか気になりつつ、デフンはインピョの提案を受け入れた。いつだったかインターネットで、様々な方法で明晰夢にチャレンジする人たちの話を読んだことがある。試してみるだけのことはあると思っていた。何も試さずにいたら悪夢がいつまで続くのかについては、まったく知りたくなかったが。

その夜、学校の平面図をベッドのそばのスタンドに置いて何度もよく見てから眠りについた。平面図の効果か自己暗示の効果か、こんどは夢の中でも教室のドアから出ることができた。ところが死んだ人たちがついてくる。デフンが前のドアを開けると、死んだ人たちがいっせいに立ち上がり、椅子が床を引きずった。その音がかなり本物に近かったので驚いた。デフンの後を追って茶色い人たちが廊下にあふれ出てきた。ひょっとして飛びかかってくるだろうかと心配になったが、そうではなく、適当な距離を置いて足を引きずりながらついてくる。幸い、夢の中の空間は実際の学校とあまり違わず、本当はない曲がり角ができたり、開かずのドアに遮られたりして道に迷うことはなかった。デフンは落ち着いて頭の中の地図に基づいて移動し、ちょっと笛吹き男になったような気分だった。

西側の玄関のガラスドアを開けた。すると夢とは思えないほど外の空気が入ってきた。

死んだ人たちから漂う、放置しておいた習字道具みたいな匂いというか、傷んだ墨の匂いというか、とにかくそんななじみのない匂いが薄れた。匂いがするなんて。夢で匂いの変化を感じるなんて。僕はそんな、生き生きした想像力のある人間じゃないのに。デフンは夢の中でも、おかしいと思った。

「もう帰ってください。教科書問題のことはよくわかりました。心配をおかけしないようにちゃんとやりますから」

教室を出るときから、のどが締めつけられるような感じがだんだん消えてきて、話すとちゃんと言葉が出た。それだけでも一安心という気分だった。だが、死んだ人たちが玄関から出ていく気配はない。相変わらず、古い写真の中の表情をして立っていた。

「じゃあ、いったいどこへ行きたいんです？　言ってくださいませんか？」

無言の顔たちの前で心がくじけるのを感じはじめたとき、目が覚めた。まるで彼らがデフンを手放してくれたように、一気に眠りから覚めた。バネじかけのように上半身を起こしたほどだ。悪夢を見たわりに体は軽く、そのせいだろうか、この連続する夢は悪夢ではないのかもしれないという気がしてくる。何にせよ、デフンを苦しめようとする意思はないように見えたのだ。いかなる意思もないように見えた。ひょっとしたらこの人たちは、自分たちが何を望んでいるのかはっきりわからないからデフンを訪ねてきたのではないか。

彼らがデフンに、目的と対象をはっきりさせてほしいと求めているとしたら？

そこで、その夜眠るときには目的地を変えてみた。デフンは、小テストの採点に使う青い色鉛筆を持っていた。備品のキャビネットの赤鉛筆が切れていたために持ってきたもので、糸を引っ張って紙を巻き取る昔風のダーマトグラフだ。その鉛筆で平面図に濃い矢印を書いた。

死んだ人たちが、自らが何を望んでいるのかもわからないまま、そんなにも切実にこの問題の解決を願っているなら、決定権者のところに連れていってやればいいのではないか。青く太い矢印を、校長室へ向かう矢印をデフンはびっしりと書き込んでいった。

もしも失敗したらその次は、学校から校長の家まで死んだ人たちを引っ張っていかなきゃならないかなと思ったが、校長室へ連れていく夢を最後に見ただけでも十分だった。デフンが開けてやったドアから整然と入っていき、校長室の大きな来客用ソファや床に陣取っていたあの茶色い人々は、もう現れることはなかった。そして何日か後、校長が病気休暇を取った。校長の不在をねらって教科書検討の決定は正常に進行した。

病気休暇から戻ってきた校長は以前より活力を失ったように見え、その年いっぱい在職して辞めた。定年を前にしての退任だった。誰も別れを惜しまない、寂しがりもしない退任式で、まさか自分のせいだろうかと自分の良心をデフンはチェックしてみたが、別に心が重くはなかった。

そしてデフンは少々穏健ではなくなった。急激な変化ではなく、何年もかけてゆっくりとデフンは変わっていった。生徒たちから答えに窮する質問が投げかけられることは思ったより多い。例えば「何であんなに悪い人が選挙で当選するんですか？　どうして良い方向に向かっていた変化が消えてしまうんですか？　なぜ歴史は逆流せずに流れることができないのでしょう？」そんな質問だ。以前ならごまかしたり、返答を回避したりしただろうが、デフンはできるだけ問題の起きない方法で説明しようと努力した。もちろん、どんなにバランスのとれた説明をしてやっても、保護者からの抗議の電話はときどき入る。抗議を覚悟してでも言うべきことだったのだと、先輩たちと焼き鳥屋で強い酒を飲みながら抗弁したこともある。

「な、次の選挙では君たちにも選挙権があるんだよ」

デフンの説明に対して聞く耳を持たない生徒たち――大人がすでに作り上げた世界を受け入れられない生徒たちに対しては、最初にその一言を言ってから話してやった。すると彼らの目の中で何かが輝いた。デフンはその輝きに希望を見た。後から来る者たちはいつだって、ずっと賢いんだ。この子たちなら僕らよりはるかにうまくやれる。だからあのばかばかしい教科書を拒否できて、良かったよ。

ときどき授業をしていて、教科書の写真に目が留まることがあった。知っている顔のように思えた。夢の中で何度も顔を合わせていたような……。誰なのか見分けるには、写真も夢もあまりにかすかだ。そのようにしてデフンの目が茶色の顔に注がれているときも、声は止《とど》まることなく流れつづけていた。

突風の中で私たち二人は抱き合ってたね

母さんは年をとってどんどん七面鳥っぽくなっていくなあ、とインピョは思っていた。もともと骨格が小さくあごが尖っているので、首のしわが増えてきたうえに、胸を前に突き出して話す癖があるので否応なく七面鳥みたいに見えるのだ。次の誕生日はネッククリームの良いのを一つ買ってあげようと思っているうちに、考えはあらぬ方へ向かっていく。

「私の携帯に入ってたあなたの写真を見て、どうしても紹介してくれって言うのよ。あんまり困らせたくはないんだけど、あなたが一人者のままなのにお見合い話を断ってばっかりいたら、私が冷たい母親みたいに見えるじゃないの」

「もっと冷たくてもいいのに」

「じゃあ、会わないの?」

「会ってみますよ」

お見合いの話が持ち込まれるたび、自分は断り上手ではないと思い知らされてかなり経つ。足の悪い息子を結婚させられず神経を尖らせている母さんをなだめるために出かけていき、礼儀の範囲内で食事をし、お茶を飲み、帰ってきて、まるでその気になれないと言って、母さんがどんなに地団駄を踏もうと二度は会わないのがインピョの作戦だった。親孝行なのか親不孝なのか、その中間くらいにあたるあいまいな路線ではあるが、けっこう通用する。おかげで母さんの社交生活はめちゃくちゃらしいが、常に母さんの焦燥感を増幅させてやまないご友人の数が減るのはいいことなんじゃないかと、インピョは思っていた。

お見合いがある週末には、お見合いに行くとウニョンに言った。最初に言ったときは気まずかったが、ウニョンが平気で次の週末の計画を立てたので、その次からは楽だった。二人は何年かの間にいちばん親しい同僚になり、多くの時間を一緒に過ごし、長々と話さなくてもすぐに良い調子で呼吸を合わせることができたが、恋人ではなかった。毎週手をつないで歩いていたが、恋人ではなかった。ウニョンは生き延びることに精一杯で、遠い未来の計画を立てることはなかったし、いつも、すべての状況は一時的なものだとほのめかしていた。ここにはちょっといるだけですよと常に暗示する女性に対して感情の一線を越えるには、インピョは賢明すぎた。

たった一度、手を握った瞬間、キスしたいと思ったことがあった。ウニョンの乾燥した唇、口紅のはげた、むくんだ唇を見てなぜそんなことを思ったのかわからない。キスしたがっているのが表情からばれるようなみっともない年齢は過ぎていたのが幸いだった。小さな気配も見逃さないウニョンにばれなかった点で、インピョの老練さが証明された。

二人の置かれた状況は特殊ではあったが、これ以上は突進しないという点ではきわめてよくある、物足りない関係だった。何年かの間に起きなかったことが今さら起きるとは思えなかった。

ときめきも興味もなく、淡々とした気持ちで出かけたお見合いの席に、心にかなう女性が現れた。そんなことは本当に、めったにない。最後に気に入った人に会ったのがいつだったかもぼんやりとしか覚えていない。全然期待していなかったのでインピョもちょっと驚いた。まるできっちりとオーダーしたように、インピョが好きなタイプだった。

例えば、頭のてっぺんからつま先まで花柄のアイテムが一つもなかった。インピョは花柄が嫌いだった。花に反感があるというよりは、あまりに安易な選択だと思うからだ。花柄を選ぶ人たちはだいたいにおいて洗練されておらず、バタバタしていて散漫なことが多いとインピョは内心思っていた。花柄のワンピースも花柄のバッグも嫌いだ。靴はもっともっと嫌だ。ウニョンは深紅の熱帯の花が大きく描かれたブラウスを持っていたし、色あせたような小花模様がびっしりついた中途半端な丈のワンピースも持っていたし、頭巾みたいにだらーんとした人工皮革のバッグの内側がいきなり花柄の裏地だし、財布まで古い花模様のビニールコーティングの長財布だった。別に女っぽさを強調するタイプでもないのだが、ウニョンはいつも花柄を選ぶのだった。

目の前の女性は、花柄を一つも身につけていないばかりか（バッグをちょっと開けたときに裏地までよく見て確認した）、化粧はきちんと手順を踏んで丹念に施されており、髪の毛も健康そうに見えた。インピョは外見そのものを重視するというより、身なりをちゃんと整えるために時間をかけることが大事だと考えるタイプだった。インピョ自身もきれいに洗顔し、十分な保湿をして念入りに髭剃りをしている。それに比べてウニョンは、生まれつき皮膚の質が良いわけでもないのに、ファンデーションもちゃんと塗ってないし、特に疲れている朝など、インピョの目には派手に見える色の口紅をいいかげんに一塗りしただけで出勤してくる。むだ毛の手入れも大ざっぱだし、ストッキングにはいつも伝線ができていた。そのうえ、気分で髪を染めたりパーマをかけたりして虐待した毛先がインピョの目を苦しめた末にばっさり切り落とされる。だから口では伸ばす、伸ばすと言いながら、ウニョンの髪はいつも同じ長さだった。目の前の女性はちょっと見ただけでも、定期的にプロのヘアケアを受けているようであり、端正な前髪に接している眉も完璧な形で、感嘆するほどだった。いつもあんな眉なのだろうか、それとも何日か前に手入れをしたのだろうか。

粗雑なアクセサリーもつけていない。揺れないタイプの真珠のピアスと、おそらく譲り受けたものと思われる古い金の指輪だけだった。最近のものと比べると、ゴールドの色がかなり濃い。優雅でシンプルなアクセサリーをつけた彼女は、ウニョンと違ってインピョの言うことを皮肉ったり、反論したりせず、そっとうなずいていた。

「テレビ局で働いていらっしゃるんですね？」

インピョは関心を持って尋ねた。

「そんな、興味を持ってもらえるような仕事じゃないんですよ。資料管理室ですから。テレビ局でいちばん静かな場所だと思います」

「でも、いろいろおもしろい見物ができるでしょう」

インピョは自分の言葉があまりに実がないように感じた。おもしろい見物だなんて、口を開けば年寄りじみたことを言うと、ウニョンにいじめられそうだ。

「それなりのはもう汝矣島《ヨイド》では撮らないで、全部、別のところでやってるんです。ラジオと朝の番組だけちょっと残っています。それでも、有名なおじいさまタレントの方が歩いていらっしゃることはあって、そんなときちょっと目であいさつするぐらいです」

静かな場所で働く静かな女性。戦ったり、怒鳴ったり、危機に瀕したり、ぼろぼろに疲れたりもしない女性。見ちゃいけないものは全然見ない女性。バッグの中に変な用途のおもちゃが入っていたりしない女性……。こんな女性とだったら何もかもが優しく、穏やかに運ぶかもしれない。ウニョンに邪悪な意図はほんの少しもなかったとしても、ここにずっといるわけじゃないというあの表情だけで、インピョはこの何年間か神経痛に似たものに苦しまねばならなかった。そんな、困難ばかりの関係は、終わりにした方がいいのだろう。そんな、文字通りエネルギーを奪われるような関係は。

「ジヨンさん、名前の漢字はどう書くんですか？」

インピョが尋ねた。ジヨン。シン・ジヨン。「ヨン」という音がウニョンと重なる。ジヨンの「ヨン」は光を意味する「烵《ヨン》」だという答えが帰ってきた。ウニョンの「ヨン」は、草冠の「英《ヨン》」だ。角のある「獰《ヨン》」じゃないかと疑ったこともあるが。インピョはシン・ジヨンと翌週にまた会う約束をした。


次の週も会えないと言うと、ウニョンはちょっと驚いたようだった。

「あ……お見合いのお相手？」

インピョはあえて答えなかった。

「かまいませんよー。旧正月に近所のショッピングモールに行くと、願いごとの短冊をぶら下げた木みたいなのがたくさんあるし、そのうちバレンタインデイでしょ、生徒たちが一生けんめいチョコをラッピングするから、そういうのをさっと触ってくれば充電できますし」

主として甘い菓子をやりとりする「何とかデイ」が来るとウニョンもあちこちの教室を楽しげに出入りするのだが、ちょっとみつばちみたいなその姿をインピョは楽しい気分で見ていた。ウニョンはバラの花を折る子たちが特に好きだった。その愛と真心を養護教諭がかすめとっていくとは知らず、快く見物させてくれる生徒たちの姿に心を痛めながらも、良いエネルギーをせっせとかき集めていくのだった。

インピョが照れくさそうに手を差し出した。

「うわー、恋人ができたらもうこの手も握れないね。でも本当に大丈夫ですよ。先生がいなかったときも私、ちゃんとやってきたし。デート楽しんでくださいね」

ウニョンが健闘を祈ってくれた。そのおかげではないだろうが、ジヨンとのデートはけっこう楽しかった。精のつく料理ではなくおしゃれな軽い食事をとり、名所旧跡ではなく都心を歩くのだ。ちょっと前にあつらえた特注の靴のおかげで、インピョは歩くのが楽になり、体もあまり傾かなくなった。ジヨンは親切に歩く速度を合わせてくれた。気持ちの良い風が吹いてくると、ジヨンのきれいなうなじが現れた。聞けば二人が大学時代に行った海外旅行先がかなり重なっていたので話は尽きず、自然と次のデートを約束することになった。二人とも行ったことのある都市の料理を食べ、その都市が美しく撮れている映画を見ることにした。


「あの家、ちょっと変だよ」

ブランチを食べながら母さんが言った。

「どの家です?」

「あのお嬢さんの家」

「どこがおかしいんですか?」

「資産規模が、紹介者が言ったのと違うの。それと、お父さんがS大の教授だって言ってたのにD大の教授なんだって」

「どこだって教授なら大したものでしょ」

「それよ。だからおかしいっていうのよ。何でそんなところで嘘をつくのか。ひどいコンプレックスがあるか、何かがこじれてるのよ」

インピョは、それで？　という表情で母さんの次の言葉を待った。母さんが会えって言うから会ったんじゃないですか、という顔にも見えた。

「つきあうのやめときなさい。次の人に会ってみよう」

インピョはわかったというようにうなずいた。

「ちょっとあなた、何考えてるか、お母さんが気づかないと思う？　どうぞご勝手にって表情してるわね。私をそんなにおばさま扱いしないで。ドラマに出てくるダメな母親扱いするなってことよ。全部、今まで生きてきた経験があって言ってることなんだから。お金の問題じゃないのよ、つまらないことで嘘をつく人には必ず、他にもくろみがあるの」

「嘘ついたわけじゃなくて、見栄を張っちゃったんでしょう。みんなやるじゃないですか」

母さんだってやるじゃないですか、というふうに眉毛を上げる。

「じゃあつきあいなさい。行くところまで行ってみれば？　いつだったか誰かとしつこくつきあってたときみたいに」

もう割れている卵をもう一度つぶすみたいに、母さんが皮肉っぽく笑った。インピョは小さいときよく、母さんに似ていると言われた。年をとって七面鳥みたいに皮肉っぽく笑うおじさんになったらどうしようと、思わずあごを触ってみるインピョだった。二人は再び、表面的には平穏ムードをキープしながら卵を食べた。

ウニョンはインピョの恋愛に気を回している余裕がなかった。学校で食中毒が発生したからだ。教師一人を含む十六人が集団で下痢症状を呈して急遽休校措置がとられ、衛生管理の点検に大わらわだった。M高校は給食に伴う汚職をなくすため、少し前に給食を自校方式に切り替えたところだった。料理の味はちょっと薄いが衛生面は悪くなかったので、これは予想外の事態だった。

「うちは本当に衛生管理は徹底してるんですよ。手なんか、すみからすみまでよくよく洗ってるのに……」

給食室のおばさんたちが悔しがった。ウニョンはM高校に何年間か勤めるうちに、給食室のおばさんたちとかなり親しくなることができた。同じ教職員なのに給食のおばさんたちとの間には微妙な壁が存在していて、会食のときも彼女たちは誘われない。給食室は学校の一部なのに、学校と分離されていた。ウニョンが徐々に給食室に出入りするようになったのは、そこがごはんを蒸す蒸気に浄化されることで雑なものがたまらず、快適な空間だったためだ。もちろんウニョンにとっては快適でも、おばさんたちはしょっちゅう火傷もするし、床が濡れているのでゴム長をはいて働くため皮膚トラブルも多かったのだが。

時間をかけてウニョンと仲良くなって以来、おばさんたちは保健室にも気軽に来てくれるようになり、互いに助け合う関係になった。ときどき、残ったポテトサラダとかプチトマトなどを一人暮らしのウニョンのために持ってきてくれた。

「あんまり落ち込まないでくださいね。細菌性の下痢は、ほんとにちょっぴりの細菌でも広がるときには広がる病気だから。それに、食べ物じゃなくて水の問題だった可能性もありますよ」

ウニョンはそう言って慰めた。その週にはウニョンも毎食ちゃんと給食を食べたが、下痢はしなかった。原因が百パーセント明らかになることはなかったが、きちんと消毒をしたんだからまた流行しませんようにと祈るのみだった。

休校自体はちょっと嬉しくもあった。休息が必要だったのだ。慢性疲労症候群かなあと一人言を言ってみて、原因がはっきりしてるからちょっと違うか、と言い直したりしていたくらいだから。ウニョンにとって自分の体は、まるで無計画に建てられた仮屋とか倉庫みたいだった。ときどき自分の所有ではないものたちでいっぱいになることもあったが、やがてそれらが出ていき、雨風にさらされて錆つき、やっとの思いで、かろうじて、ぎりぎりで立っているスレート葺きの建物だ。最後に昼寝をしたのはいつだったっけと思いながらウニョンはベッドに横になった。市販されているもののうち、いちばんサイズの小さいマットレスだった。

横になったら最後、百年でも熟睡できそうだったが、日差しが強すぎた。まぶたが明るいオレンジ色に光り、血管が見えるくらいに日差しがさし込んできた。やっぱりカーテンをつけるべきだったなと今さら後悔しながらもぞもぞ寝返りを打っていると、インピョが学校に連れてきた女性の顔が思い浮かんだ。インピョの車が校門を通り過ぎて建物の方へ上ってくるとき、ベンチに座っていて見た。きれいな人だった。きちんとして洗練されていて、インピョと似合っていた。いつもウニョンが座っていた助手席で、ちょっと微笑を浮かべて学校を見ていた。学校を見せるために寄ったというより、夕食までの時間が中途半端に余ったためだったらしい。ウニョンの想像が及ばない二人の時間は、ウニョンとインピョが一緒に過ごした時間と似ているのか、まったく違うのか、どっちなのだろう。

心の中で、不安定な棚のようなものが落下する音がした。暗い場所で、古いねじにぶら下がっていたものが、とうとう落ちていく音だ。ここにずっといられるだろうか。何ともない顔をしていつづけることもできるだろうけど、それではいけないような気がした。

異様な人の気配と嫌な笑い声がして振り向いたとき、インピョは顔から血の気が引くのを感じた。インピョの歩き方を真似ていた生徒たちが、きゃあきゃあ笑いながら逃げていったのだ。逃げ出すときさえ笑っていた。子どもだけにできる、残忍な笑い方だった。

教職生活を通して、こんなことはなかった。一度だって生徒たちがインピョの障害をからかいの種にしたことはなかったのだ。保護者が子どもの面倒をあまりよく見てやれない地域だったし、そのためさまざまな事件や事故に始まって生活態度まで、学校には問題がいろいろあったが、足を引きずる漢文の先生に対して生徒が卑怯な振る舞いをすることはなかった。大人っぽい生徒たちは何気なく目をそらし、純真な生徒たちはときどきどうしたらいいか困っていたが、それもしばらくのことだったのだ。屈辱よりも怒りよりも、ショックのためにインピョはうろたえて立っていた。

その週には、つきあっていた女生徒カップルが集団暴行を受けていた。二人がつきあっていることは教師もみんな知っていた。生徒たちは言わなくてもいいことまでささやきあい、大人たちのほとんども同じだった。二人の担任教師のうち一人が保護者に電話すると言って事件が拡大しそうになったのを、あらゆる圧力関係を動員して鎮めたのはインピョである。楽な仕事ではなかった。両親には、本人たちが自分自身を守れる最低限の精神的・肉体的・経済的な力を備えた年齢になってから話しても遅くないとインピョは冷静に考えた。自分たちを傷つける人々にはこれから先も大勢会うことになるのだから、今は手をつないで歩けるように、二人の関係を大事にしてやりたかった。

教師になって以来、同性のカップルは毎年見てきた。二、三年に一度は噂が広まり、一人が強制的に転校させられたり、二人とも転校したりしたが、インピョはそれを本当に不要の処置だと感じていた。そっとしておけば何の問題もなく卒業していく。男女カップルだろうと、男男カップルだろうと、女女カップルだろうと、休み時間にエアコンの後ろに入り込んでいちゃいちゃしない限りはタッチしないというのがわかりやすい線引きで、なぜみんなそれを受け入れないのか理解できなかった。インピョは教養豊かだったので、人類史が始まって以来常に存在してきた同性愛は「矯正」の対象ではありえないと考えていた。レスボス島のことだけではない。東アジアの古典文学にも、桃を食べる少年への愛はしばしば登場する。自然というのはそういうものではないか。いつもあったこと。これからもあること。

だが今回のカップルは殴られた。八人もの生徒たちがその二人を取り囲んで、殴り、蹴った。頬骨が陥没し、あばら骨にひびが入り、指も折れて、一人は軽い脳震盪《のうしんとう》の症状があった。人目のないボイラー室の裏で、七時間めと八時間めの間の休み時間に起きた事件だった。インピョはこの、突然の憎悪がどこからやってきたのか理解できなかった。殴った生徒たちを追及すると、この年齢特有の防衛的な顔で、一人が言った。

「汚いから。汚いから殴ったんです」

何が汚いのかちゃんと教えられなかったことが、教師として惨めだった。

会食の席では、セクハラがあった。いつもは善い人っぽい顔をした、おとなしい数学の先生だ。パワーポイントを使わずチョークで黒板に図形を描くときには、感嘆の声が上がるほど上手な人だったが、酒が入ると行動がおかしくなる。何度か鉄拳をくらい、胸ぐらをつかまれることでもみ消され、やりすごしてきたのだが、今回は隣に座っている人のスカートの中にいきなり手を入れたのでお膳が倒れて大騒ぎになった。先に帰っていたインピョは翌日になってその状況を全部聞き、ツーアウトだったやつがとうとうスリーアウトになったのかとため息をついた。暴力というものは種類によらず一脈通じるところがあるとも思った。何にせよ、最初の一、二回を見逃したり、うやむやにしてはいけなかったのだ。

呆れた窃盗事件もあった。明るいスーパーの横の道で、配達のトラックがちょっとおろした菓子の箱を四箱も盗んだ連中がおり、被害総額十万ウォンのところ、示談金が二百万ウォン以上だった。菓子を買えないような子たちかというとそうでもなく、ふだんそういうことをよくやる連中かというとそれも違う。監視カメラを点検すると、制服のまま、顔も名札も隠さず、あまりにも平然とやっていた。

「おいしかったか？　二百万ウォンの菓子はうまかったか？　５Ｗ１Ｈから書き起こして

事実だけ書け。これはおまえの私的な意見だろ。事実だけ書くんだよ」

生徒たちに陳述書を書かせるだけでも何時間もかかった。恋愛をしようとした矢先に恋をする時間がなくなるとは思わなかった。校内の関係者会議だけでも一週間に十回は開いたと思う。警察にも三回行った。インピョはナーバスになるとよく体調を崩すので、週末のデートも一度逃してしまった。からかわれた足のせいなのか、悪意のせいか、とにかく具合が悪かった。その次の週はジヨンが都合が悪いと言ってきた。会えない期間が長びく間に、ぽつりぽつりとぎこちない電話を何度かしたが、むこうが終わりにしたがっている気配は明らかだった。ほどなく、ジヨンがもう電話にも出てくれなくなったときには、インピョも心の焦りが収まった。自然消滅した台風のようなもので、ときどき経験してきたことだから。何週間か胸がときめいただけでもよかったと思った。

インピョがぱっと正気に返ったのは、軽い知的障害のある転校生の受け入れを一年生の担任の全員が嫌がったときだった。そんな人たちではなかった。みんな本当に、そんな人たちでは絶対になかったのだ。生徒たちに問題が起きることもあれば、教師たちに問題が起きることもあったが、同時にこんなことが起きるのは、彼らの外部に原因があるということだ。これらのすべては外部の悪いものが起こしているのだとインピョは判断した。

「また何か毒が広がってますよ」

すぐにウニョンに話した。ウニョンより先に気づく日がやってくるとは思わなかった。

「変なものを見ませんでしたか?」

「……見えなかったけど」

ウニョンは特に何も見ていなかった。すべてが正常だった。それよりも、季節はずれの流行性結膜炎の方が大きな問題で、もう一度休校にすべきか否かという局面だったのだ。ひょっとして生徒が学校に来たくなくて、お互いに目をこすりあったり、目と目をくっつけたりでもしてるんじゃないかと疑っていたのだ。そんなこともしかねない連中だった。

「結膜炎を流行らせて歩く幽霊なんていませんよ」

「ほんとに何も見ませんでしたか? 感じませんか?」

ときどき何か見たような気がしたが、振り向くと何もいなかった。視野がちょっとかすんでいるような感じがするので眼科に行ってみようかとも思っていた。何かが、ウニョンに見せないように邪魔しているのかもしれない。

「一回りしてみましょうか?」

ウニョンが久しぶりにインピョに提案し、スリッパをスニーカーにはきかえた。インピョがこの前の誕生日にプレゼントしたスニーカーだった。

二人は黙って、ちょっと離れて歩いていった。気まずく感じる理由もないのだが、気まずかった。

「何か変わったことがないか気をつけてください。なかったものができてたり」

「例えば？」

「落書き。変な形の石。色の派手なもの。匂いのするもの」

「いろいろすぎるなあ」

「先生の言う通り、何か起きてるけど私の目には見えないんだとしたら、変わったものが一つでもあるはずよ。それを見つけないと」

二回、三回と校内を回ってみても、学校はふだんと同じだった。ふだんと同じように乱雑だった。それで何度も回っているうちに、二人の間の距離は少しずつ縮まっていった。

「あのきれいな方とはどうなってます？　仲良くされてますか？」

「あ、見たんですか？」

「ええ、偶然」

「うまくいかなかったんですよ」

「学校まで遊びに来てたのに？」

「そうなんですよー。ちょっと離れていたらうやむやになって」

「振られちゃったんですかね」

「っていうより……」

あ、とウニョンが学校の校訓が彫られた石碑の前に立ち止まった。花崗岩は高くて使えないため、花崗岩風のコーティング材を貼ったセメント製だ。広開土王碑を真似た形に、古典的な書体で「誠実、謙遜、忍耐」と書かれていた。この三つを合わせたら「服従」じゃないかと、ウニョンはいつも舌打ちをしていたのだ。何年か前に変更されてこの校訓になった。その前は「未来を準備する賢い人材」で、それも大して良くはなかったが、どう見ても後退だろう。前校長の重大な、偉大な業績により、永遠に、世界の終わりまで校庭に残っていそうな、ぞっとする石碑を二人はしばし見上げた。

「校碑はいつもとまったく同じみたいですけど」

インピョが言った。

「あの下の草はなかったんじゃないですか？」

ウニョンがしきりに首をかしげながら尋ねた。

「そうだったかな」

「何だろう、ちょっとネギみたいですね」

まさに、本当にネギのような形の草花がかたまって生えていた。ウニョンが近寄り、まだ咲いていない青い花の萼《がく》を開いてみた。死んだ鳥のような形の花が飛び出してきた。指先に電気が走るような痛みがあった。

「検索してみたら、極楽鳥花っていうものらしいですよ」

指に伝わってきた感覚は極楽とは距離がありすぎた。極楽からいちばん遠い場所にならば似ているかもしれないが。ウニョンは拳を握りしめ、小声で悪態をついた。マッケンジーが植えていったものだろうか。マッケンジーではなくとも、結局はマッケンジーと大差のない誰かだろう。ばちが当たればいいのにと思った。心の中の地獄の穴を開いて、そこにこの汚らわしい極楽鳥花を植えていった犯人を蹴り入れた。本当に足で蹴ってやりたかった。スニーカーではなく、鋲のついた危険な靴をはいて。

ウニョンは気合を入れてから、二十株ばかりの極楽鳥花を必死で抜いていった。まだちょっと寒いのにベンチに座って日なたぼっこをしていた生徒たちが驚いてこっちを見ていたが、知ったことではない。インピョも手伝って最後の一株を抜いたときだった。ウニョンが急に、両方のこめかみを押さえて座り込んだ。経験したことのない頭痛だった。驚いたインピョにその頭痛について説明しようとした瞬間、ざくっと石碑にひびが入った。

「先生は頭、痛くありませんか？」

インピョは全然痛くない様子だった。改めてその鈍感さがうらやましかった。ウニョンはもう耳まで痛いのに。焼いた編み棒みたいなもので耳をほじられている感じだ。

「何がこんなにどっと押し寄せてきてるのかな？　よくまあ隠し通してきたもんだ。先生はシャベルを持ってきてください、私にはアセトアミノフェンが必要だわ」

二人はしばし、必要なものを取りに行くため後退することにした。そして戻ってきたときには、長時間シャベル仕事をする必要などなかった。極楽鳥花を抜いた土の下に、木の扉が見えていた。石碑が倒れないかと心配だったが、ひびが入ったほかは大丈夫らしく、もう入ってみるしかない。その下に感じられるものはただ一つ。大きくはない。古くもなかった。だが、今までに出会ってきたものの中でもいちばん手ごわく、こじれた感じだった。この学校に初めて来たころ、ウニョンがあの古い、醜い頭をつかまえたために空洞ができ、そこをマッケンジーや、その後に来た誰かが狙ったんだ。ここに何かを植えたんだ。いつ？　たぶん生徒たちの病気で休校になったとき、学校の重石《おもし》になっていたエネルギーが弱まったあのとき……。ウニョンは冷静に考えてみようと努力した。何だろう。何を植えたんだろう。

「地下倉庫でもないのに、何かな、これ。開けてみましょうか？」

開けたくなかった。まだ眠っているか生まれていないか、そんな状態だから、そのままにしておきたかった。あの異様な花たちはそのままにしておいて、知らないふり、見ないふりをしていたかった。

だがウニョンはレインボーカラーの折りたたみ式の剣を手に持ち、ゆっくりと開いた。まだ頭痛がおさまらず唾を飲み込むのもしんどかった。手の甲で鼻をこすると、ぷつぷつと吹き出した冷や汗がべっとりと手についた。何しろ体調がよくないらしい。

「ちょっと。ちょっと待って」

インピョができるだけ足を引きずらないように努力しながら走っていった。走ると跛行《はこう》がひどくなるのだが、インピョは教師になって以来初めて生徒が怖かったのだ。何でもいいから長くて尖ったものを探さなくてはならないと思った。

「生徒たちが全員下校するまで待った方が良くないですか?」

松葉ぼうきを持って戻ってきたインピョが息をはずませながら聞いたとき、ウニョンは首を振った。

「いいえ、お日様と子どもたちは私たちの味方ですよ。太陽が完全に沈む前に、学校ががら空きになる前に入りましょう」

夜間自習に参加しない生徒たちはそろそろ帰りはじめていた。夜の給食を早く食べ終わった生徒たちはサッカーをしており、科学実験クラブの子たちも残っていた。バドミントンをしたり、キャッチボールをしているのも何組かいる。平和そうな光景だった。このまま八十年ぐらい見ていても飽きそうになかった。

「速戦即決で行きましょう」

首に刃を突き刺してやる。何物だか知らないけど、一息でしとめてやる。誰も傷つかないように、そんなすきさえ与えずに終わらせてやる。ウニョンは覚悟を決めて決然と木の扉を開けた。それほど深くはなかったが、お粗末なものでもなかった。石碑を建てる工事の際に誰かがちゃんと考えてこれを作ったことは明らかだった。長期計画なのだ。目と鼻の先でやられていたと悟って、インピョは激しい怒りと痛みの炸裂を覚えた。しかしインピョが見たところ、土の中に穴が掘ってあるだけだ。何か恐ろしいものがいると思ったのに、がらんどうだったので気が抜けてしまう。

「逃げたのかな？」

「いいえ、ここにいますよ。感じるもん」

ウニョンが懐中電灯であちこちを照らしてみた。二人が発見したのは黒い石だった。握りこぶしほどの石で、そこに小さな金属の何かがはまっている。指輪だ。これ、ジヨンさんがしてた指輪にそっくりだな。模様も飾りもなくて、ほんとにこんな感じだったと思いながらインピョが手を伸ばしたとき、ウニョンがさっとその手をたたいた。

「もう、この手は。また事故が起きますよ。ちゃんと私に聞いてから触ってよ。見えるでしょ？　先生にも」

「はい」

「何に見えます？」

「石じゃないですか？」

「……これは鼻よ」

「え？　じゃ、指輪は？」

「鼻輪です」

「え、実はあの指輪、僕がつきあってたあの……」

「いいです、今さら。誰が置いていったにしても」

インピョが退くと、ウニョンは剣を抜いた。インピョの目にも見えるほどのパワーがこの石にはあるのだという事実に驚いて、一瞬頭痛がひどくなった。あの巨大な頭よりすごいものが育っているのに気づかなかったなんて、恥ずかしい。これが鼻なら、そうだとしたら、眉間はどこだろう。この下の地面に体を埋めているのが何であれ、眉間を刺せば死ぬだろう。

全力で行こう。

ウニョンは腰を思いきりそらして、眉間と思われる部分に剣を突き入れた。しかし刃先が触れたその瞬間にウニョンは気づいた。浅すぎる。表面に刺さっただけだ。剣は土中から跳ね返された。ウニョンの全身を押し返すほど、その何物かの額は固かった。

「ああ」

まだ耳が痛いからなのか、ウニョンには自分の声がまるで他人の声のように聞こえた。その短いうめきで事態の深刻さに気づいたインピョが、ウニョンの手を引いて外へ連れ出した。それは賢明な判断だった、というのは、そのときまたたく間に穴が崩れはじめたからだ。文字通り地面の底が抜けて、二人は何度もたたらを踏んだ。そのさなかに振り向いたウニョンは、黒々と光る目を見たと思った。インピョとウニョンは膝で這って穴の外へ抜け出した。

風が吹きはじめた。

ゆっくりと高潮していく風ではない。突風だった。突風の「突」は「突然」の「突」、文字通り突然の強風が学校を貫いた。刺すような風と打ちつける風がらせん形に回りはじめた。つむじ風だった。生まれて初めて見る風だった。台風は何度も経験したが、それとは違う。乾いた、いがらっぽい、厳しい風だった。生徒たちは目を開けていられず、押しまくられて倒れた。ウニョンはインピョとかろうじて体を支え合って、学校が土埃の壁に包まれて外側から崩壊していくところを見守った。はずしちゃった。狙いをはずして、起こしちゃった。殺すどころか、かえっておびき出してしまうなんて……。ウニョンの自責の言葉はインピョの耳に一つも聞こえなかったが、彼はウニョンの後ろにぴったり寄り添った。

つむじ風のまん中の、土埃が薄くなった地点に、長くて細いものが浮かんでいるのが見えた。ウニョンにだけ見えているのではなかった。インピョにも、生徒たちにも見えた。何だ、あれ？ とみんな声には出さず、口の形だけで尋ねていた。

龍。

少なくとも龍にとても近い何か。

龍にとても近く、額に剣を突き立てられそうになって凶暴化した何か。

一度も見たことがなくても、龍であることはわかった。龍でしかありえない。ウニョンは突風の中を龍に向かって歩いていった。走ることはできなかった。白衣のポケットにめがねが入っていた。朝、コンタクトレンズを入れられなかったので持ってきたものだ。さっきから砂が舞い散っていたが、今やそれよりも大きなものたちが舞い上がりはじめたので、めがねでもかけないことには目をつぶって歩くしかない。めがねのレンズに櫛の歯模様のような傷ができていく。今日に限って忘れずに持ってきてよかった。明日捨てることになるとしても、良かった。インピョがころんでウニョンと離れていったが、ウニョンは気づかなかった。みんなが龍のエネルギーに押されてころんでは立ち上がり、またころぶ。ウニョンは歩くだけでもう力の多くを使い切っていた。やっとのことで近くまで来ると、かえってちょっとましになった。外側の方が風がひどいらしい。今では龍がはっきりと見える。水墨画に描かれているような生き物だった。輪郭を持たず、黒々とうねったり、流れたりして、本当にそこに存在しているのかどうなのか、ずっと集中していないと目で形を追うこともできない。だがその龍にもはっきりした箇所があった。流れていない箇所があった。背中のうろこに、よく見慣れた形が見えたのだ。

ロゴだった。

初めは見間違いかと思った。あまりにも見慣れた大企業のロゴがそこについており、現実感がなかった。

ウニョンは思わず鋭い笑い声を上げてしまった。その企業に専属のシャーマンがいるという噂はあったが、こんなことまでやらかすとは。龍なんか置いていく暇があったら、まともな経営をしなさいよ……いったいどこまで質《たち》が悪いんだろう？　笑いは止まらなかった。グラウンドの砂が一つかみぐらい口に入ってきて吐きそうで、ぺっと吐き出しながらもウニョンはまだ笑っていた。おおー、ひどいもんだ、このくそたわけ、もう目も当てられないね、学校をこんなことに利用するなんて。まばたき一つもせずに生徒たちを足元に引きずり倒すために、あんな歪んだものを残していくなんて。

龍がだんだん高く浮上していった。ウニョンは両足をぐっと踏んばって、BB弾の銃を撃った。正確に胴に当たったが、うろこが何枚か飛び散っただけですぐに収まってしまった。時ならず眠りを破ったためか、龍がもともとみんなそうなのかはわからない。あれをどうしてくれようかと苦心しているとき、インピョがウニョンを追い抜いて走っていった。松葉ぼうきを、いにしえの三つ股の槍のごとく両手でふりかざして駆けていく。

「何するつもり？　止まって！　止まって！」

ウニョンは止めようとしてすぐに後を追った。久々に片足を大きく激しく引きずりながら走っていくインピョの後ろ姿を見ていると、ウニョンはちょっとどきどきしてきたが、胸がときめいているのか消化不良のせいかよくわからない。ウニョンはインピョが立派だが危険なことをやらかす前に追いつき、自分でも無意識のうちに、レインボーカラーの剣で思いっきりインピョの後頭部をぶん殴った。

「女の子とデートなんかしてるからこんなことになるのよ！」

いつもは誰かの後ろ頭を殴るとすごく軽快な音が出るレインボーカラーの剣だが、やはり音は聞こえなかった。それでもインピョはウニョンが伝えようとしたことをようやく聞き取り、言い返した。

「君がつきあってくれないから！」

もう少し先まで行くと何人かの生徒が、立ち上がることもあきらめ、まるで青銅の彫像のように座り込んでいた。さっきまで平和にウォーターロケットを飛ばしていた科学実験クラブの生徒たちだったが、内圧バルブと発射台が目に入ると、ウニョンは生徒たちがまだ抱えていたウォーターロケットを奪い取った。やはり、形ある対象は形あるものでやっつけるのがいいんだろう。ウォーターロケットはそれにぴったりだと思われたが、大きいものは何度も撃つことができない。どこを狙ったら龍が倒れるか。どうやって地下へたたき落とすことができるか。

ほっぺただ。ほっぺたを狙おう。横っ面を大きく張り倒す感じでやればできるだろう。実際、狙える箇所といったらそこぐらいしかないのだ。胴の部分はまだ煙に近い状態なのを確認していたし、それよりも上は幅が狭すぎて狙いづらい。いちばん形を備えていて面積の広い頬を的にすることにした。

どれほど緊張していたのか、手足の筋肉がばりばりになって、動かすたびにぷつんと切れそうだ。節々は引っ張られすぎてばらばらになりそうだ。黒々と猛る龍はまだ、はっきりした形を持っていない。でも、こんなにパワーがあるものが明瞭な形を持ったら、どうなってしまうかわからない。窮屈そうにびくびく動いている体内のすべてを鎮め、平穏に近い一瞬を探らなくてはならない。それでやっと狙いを定めることができる。ほっぺた、ほっぺた、ほっぺた。

「ここには龍と私しかいない。この放物線は、私から始まって龍で終わるんだ」

ウニョンは自分に言い聞かせるようにささやいた。落ち着いて、完璧な集中の時間が来るのを待った。まるで時間の流れがしばらくスローになるような、一気に飲み込んだ息がおへそのあたりに溜まるようなその瞬間を、ウニョンはよく知っていた。視野がくっきりし、限界まで硬直した体が弛緩の方へと方向転換する瞬間のことだ。来ないのではないかと思われたその瞬間はついにやってきて、ウニョンはベテランらしくその瞬間を狙いすまして発射させたが……ウォーターロケットは後ろへ飛んでいった。

「もう、あんたら、しっかりしてよ！　ウォーターロケット一つちゃんと作れなくて何が科学実験クラブなのさ、この間抜け！　小学生の方が上手だよ！」

ウニョンは失敗の悔しさのあまりかんしゃくを起こし、後ろへ飛んでいったウォーターロケットを作った当事者たちにはそれが聞こえなかったが、勢いに押されて、ひーんと泣いてしまった。

二発。あと二発撃てる。二発までは十分に撃てる。

再び追いついたインピョが後ろからそっとウニョンを抱きかかえた。そして両の手のひらでウニョンのひじを支えた。ウニョンは不意に、前にもインピョがこんなふうにひじを支えてくれたことがあったのを思い出した。手のしびれがよく起きるウニョンが、山茱萸《サンシュユ》の花になかなかカメラのピントを合わせられずにいたとき、まるで人間三脚みたいになって腕をつかまえていてくれたのだ。インピョの明るいエネルギー、南国産の蜂蜜のようなエネルギーが流れ込んできた。

あと三発。いや、四発まで撃てる。

最初のは龍の近くまで行ったが、はずれてしまった。大丈夫、とインピョが言った。二発めはうろこがようやくはっきり見えてきた腹部をかすめ、そのおかげだろうか、龍の高度が少し下がった。それでも龍はインピョやウニョンには気を止めていないように見えた。絶えず体を揺らめかせ、龍もウニョンと同様、あの完璧な瞬間を待っているように見えた。

どうせいつか負けることになってるんです。親切な人たちが悪人に勝ちつづけるなんて、どうやったらできますか。絶対に勝てないことも親切さの一部なんだから、いいんです。負けてもいいんです。それが今回だとしても大丈夫。逃げよう。だめだと思ったら逃げよう。後でまた、どうにかできる。インピョがウニョンの耳元で言った。大声ではなかったので、聞き間違えたかもしれない。ひょっとしたらインピョではなく、ウニョン自身が言ったのかもしれなかった。優しい嘘だとわかっていたから、嘘のように心が静まった。

三発めは龍の首の後ろに当たった。龍の首は急所ではないらしい。ウナギのようにのたうちまわるだけだった。

幸い、待っていた時間は、龍より先にウニョンに訪れた。最後のウォーターロケットが発射台から放たれた瞬間、ウニョンにはわかった。これは当たる。こんどはちゃんと当たるだろうと。ウォーターロケットは風の影響もほとんど受けず気持ちよく飛んでいき、龍のほっぺたに命中した。本当に頬を強く張り倒したのと同じような形で、首が百八十度回った。

「ハハ、ハハハ！」

ウニョンはめまいと喜びを同時に感じてよろけながらも、インピョと声を合わせてハイタッチした。これだよ、これのためにやってこられたんだ、この打撃の瞬間のために。この、明るく澄み渡った、命中の瞬間のために。何よりも快感のために。ウニョンは笑いつづけた。嬉しさとは裏腹に血色の悪くなったウニョンの背中を、インピョがさすってくれた。

バランスを大きく崩した龍が何度か斜めに回転しながら地面に落ちてくると、突風がほぼ止んだ。いざ落ちてみるとそれは大きくはなく、五、六メートルぐらいで、重量も軽そうに見えた。墜落の衝撃が大きくなかったためだろう。ウニョンとインピョは、空っぽになった震える体でお互いを支えながら、龍に近づいていった。もう終わるのだという思いだけが二人を持ちこたえさせていた。ウニョンは龍の頭を踏み、こんどこそちゃんととどめをさして、最後に残ったものを絞り出す準備をしていた。

「待って」

インピョがウニョンに言った。

「どうして?」

「制服が入っています」

片方の足で龍の——龍になってしまったものの頭をまだ踏みつけながら、ウニョンは、インピョの指差す先を見た。寒天に墨を混ぜたような龍の透明な胸の中に、本当に制服が透けて見えた。

「生徒を飲み込んだの?」

ウニョンが仰天して聞いた。

「いいえ、制服だけですよ。あ、名前が見える」

名前を読んだインピョは、胸部疼痛に似たものを感じた。インピョはその名前を知っていた。知ってる子のものだったのか。龍の背中にロゴが刻まれていた大企業一家の隠し子という噂が流れた生徒だった。正直、インピョはその噂を信じていなかったのだが、それは、いくら隠し子でもあの一族の子弟ならM高に通わせるはずがないと自己卑下していたためでもある。卒業して何年か経ち、自殺したと聞いたときは、その子の顔がよく思い出せなくて自責の念を感じた。

インピョの顔色を見たウニョンは龍の頭から足をどけて、膝で首を押し、その上に座った。

「どうしたんです?」

ウニョンがレインボーカラーの剣でこともなげに龍の背中をしごくと、モザイクのようにロゴを作っていたうろこがばらばら落ちた。

「これ以上何を抜いてやったら良い龍になるのかな?」

「そんなことできますか?」

「わかりません。でもとにかくやってみましょう」

ウニョンが龍の鼻から鼻輪のような金の指輪を力いっぱい引き抜いた。黒い水が鼻血のようにざあざあ流れた。それでおしまいかと思うと、その次は龍の両方のまぶたをつかんで引っ張り上げた。白っぽく濁った目玉が休まず動いていた。インピョはふだん半熟卵の白身も食べられないほどなのでかなり気持ちが悪かったが、なぜか視線をそらすことができなかった。忙しく動く龍の目のまん中には、真珠のピアスがはまっていた。やはり見覚えのある真珠だった。

「抜いてください」

「僕が?」

「私は手がふさがってますもん。先生がまぶた押さえててくれますか?」

インピョはすべすべして熱いその目玉からピアスを抜き取った。一個。もう一個。動くなよ、と話しかけると通じたのか、きょろきょろするのをゆっくりにしてくれたので助かった。ピアスが深く埋まっていたので、爪でかき出さなくてはならなかったのだが、龍は耐え抜いた。インピョがピアスを引き抜くと、ウニョンが龍の首から降りた。

ふんわりと龍の体が浮かび上がった。十センチほど浮いてまた降りた。インピョは思わず手を差し出して、龍の鼻づらを撫でた。

がんばれ、飛んでごらん。こんどは引きずりおろしたりしないから。もう一回飛んでごらん。子どものころ飼っていた黒いレトリーバーを撫でたのと同じやり方で触れてやると、龍はちょっとの間、鯉のひげのような長いひげをインピョにこすりつけた。ウニョンは龍の半透明の体の中に、何なのか判断のつかない器官が詰まっているのを観察した。同時に、内部でくしゃくしゃになった制服がゆっくりと溶けていくのが見えた。龍がもう少し浮かび上がる。ウニョンも、黒いすりごまをかけた寒天みたいな龍の体を撫でながら励ました。めったにない感触だった。

一メートル。

一・五メートル。

その後はすぐだった。静まっていた突風がまた四方を吹き荒れるまではいくらも時間がかからなかった。こんどはさらに目を開けていられなかったし、開けている理由もなかった。突風の中でインピョとウニョンはお互いの肩に顔を埋めて目を守った。ウニョンは再びめがねをポケットにしまった。とても目を開けてなどいられず、息をするのも困難なほど風が強かったのだ。インピョの白いシャツとウニョンの白衣のせいで、二人は首を曲げた白鳥のように見えた。その姿勢でいるうちに、インピョはウニョンの染めた髪が思ったより柔らかいことに気づき、ウニョンはインピョのかすかな汗の匂いを何となく心地よく感じた。風が収まり、また遠いところの音が聞こえはじめたときには名残惜しいほどだった。

目を開けると、龍は二人には知りえないどこかへ消えた後だった。

今回もまたガス管なのかという追及の電話が学校に殺到したが、インピョは落ち着き払って、竜巻ですと答えればいいと指示を出した。地表で起きる風と高い上空の風の方向が食い違うために起きた気流現象というわけだ。教師たちには受け入れがたいことだったが。

「全然報道されてませんでしたけど?」

「さっと来てさっと行っちゃったんじゃないですか?」

誰かにもっともな疑問を提起されてしゃあしゃあと答える技術にも、この何年かで熟達してしまった。龍が巻き上がるから竜巻なんだよ、僕はそれ以上のことはわからない。インピョは妙にせいせいした気分だった。

そんなインピョにも疑問はあった。

「あの真珠、変な真珠だったのかな?」

インピョが尋ねると、ウニョンがなぜか引き出しからブレスレットを出してきた。金でできた、細いチェーンのものだ。

「いいえ、金が悪い金だったんですよ」

「金にも悪い金があるんだね」

「アウシュヴィッツ・ゴールド」

「え? あのアウシュヴィッツ?」

「呪術用に高値で取り引されてるって、話に聞いたことはあったけど、本当に使う人がいるとは思いませんでした。足を踏み入れてはいけない領域があることが今になってもわからない人は、永遠にわからないんでしょうね」

「ちょ、ちょっと待って、このブレスレット、どこから出てきたんですか？　龍がつけていたのは指輪とピアスだけだったでしょ」

「給食室の寸胴鍋から出てきたんです。見つけたおばさんがあちこち問い合わせたんだけど、持ち主がいなくて、そのまま持ってたらリューマチがひどくなったって、私に持ってきてくれたんですよ。変なものらしいって」

「それで食中毒が……」

「たぶん今、病気になってると思いますよ。あの人」

誰が、と思ってインピョはすぐに理解した。あっ、ジヨンさんだ。

「お金をたくさんもらってやったことなんでしょうけど、病気になってると思います。ピアスに指輪に、ブレスレットまで運んだわけだから、本当に、かなり深刻な状態かもしれない」

驚いたことに、何の感覚もなかった。

「そうなればいいのにとは、思ってません」

知ってますよ、とウニョンはうなずいた。これ以上ジョンさんの話をする必要はなかった。親切そうな顔の人が親切じゃなかったからといって、それがどうだっていうのかと二人はまなざしだけで会話した。そのとき、インピョにも待っていた瞬間がやってきた。言いたかった言葉が割れて砕けて、内側に沈んでしまったりせず、確信に満ちた弾丸となって発射される瞬間。

「辞めないで。よそに行かないでください」

「私も、あと何年かはいようと思ってるんです。この学校、静かそうに見えてももっと危険なものが隠れていそうだから」

「そんな意味じゃなくて。僕と一緒にいて」

インピョはウニョンの冷たい手を握ると、すぐに両手でその手を包んだ。三十年近く切ってきたはずなのに爪切りがまるで下手な爪に口をつけ、それからウニョンを引き寄せ、抱きしめた。そしてくしゃくしゃの髪の中に手を差し入れ、額にもキスをした。

「ずいぶん手順を踏んで迫るのねえ」

ウニョンがぶつぶつ言った。

「好きだよ。頭のてっぺんからつま先まで花柄ばっかり着てたとしても」

ハハハ、とこんどはウニョンも笑った。インピョは本当にそんな格好をしてきたらどうしようとちょっと心配になったが、一緒に笑った。

かくしてインピョは自ら進んで花柄地獄に足を踏み入れた。こうして近づくだけ近づいて、ある日目覚めてみると、花柄のカーテンがかかった家で、花柄の布団をかけて暮らしている自分を発見した。どうやってここまで来たのかわけがわからないと思う日には、もしやウニョンがいつの間にか伝統飾り結びを施したんじゃないかと、そっと脇毛を触ってみることもあった。そんな日が一日もなかったと言い切ることは難しい。でも、インテリアの趣味の違いによる苦しみを除けば、全般的に満足だった。お互いの傷跡に優しく口づけしながら暮らす人生は、他の悪いことを忘れさせてくれた。

いつも先に寝るのはウニョンの方だ。窓の外の商店街のネオンが放つ光のせいで、インピョはなかなかすぐには眠れない。暗幕カーテンをつけたかったが、朝の日差しが自然に入ってくるのがいいというウニョンの意見に負けたのだった。夜中にネオンがいっせいに消えるとようやく暗闇が訪れる。その闇の中でインピョは、自分の目も以前とは変わってきていることに気づいた。なぜなら、眠っているウニョンの顔をのぞき込むとき、ほんのり光が宿っていることに気づいたからだ。本当に光っているはずはないけれど、眠っているウニョンの手を握ってやったり、軽く抱いたりするとそっと発光する。インピョはそのことをウニョンには言わなかった。ただ、よく充電された日、完全に満ち足りたウニョンの顔を見ながら眠るのが好きだった。その光が、インピョの枕元を照らす灯だった。

あとがき

私はこの物語をただ快感のために書きました。一度くらい、そういうことがあってもいいんじゃないかと思いました。ですから、ここまで読んできて快感を感じられなかったとしたら、それは私の失敗ということになります。

アン・ウニョンという名前は、最後に勤めていた会社の営業部の大学生インターンから借りました。名前とあだ名を借りたんです。許可はもらいましたが、その方が憶えておられるかどうかわかりません。二〇一〇年のことでしたから。アン・ウニョンさん、憶えていらしたら連絡ください。お礼をしたいです。

最初に短編としてこの物語を書いたときに監修してくれた漢文教師のホン・スンピョさんは、親しい先輩です。手伝っていただいたうえに名前までお借りしたいと言うと、「僕の名前は何だか恥ずかしいから、弟のを貸してあげる」と言って教えてくれたのが、ホン・インピョというお名前でした。何年か経って先輩の結婚式に行ったとき、そこで、色白な顔で立っておられる本物のホン・インピョさんに会いました。お兄さんが自分の名前をさっさと提供しちゃったことも知らずに……。私はいつも泥棒しながら小説を書いているみたいです。

ヘヒョンは、すぐ前の本の表紙を描いてくれたイラストレーターのお名前です。ほんとに顔が透き通ってて、ジェリーフィッシュみたいなところがあります。そんなところがあるからこそ、良いアーティストになれるのでしょう。この本のヘヒョンと同じように暑さに弱く、気温が下がってくると良い絵が描けます。優しい気持ちでものごとを考える人です。

ミヌはほんとは、混乱を起こすような人では全然ありません。会うたびに素材をうんとたくさんくれる、個性的で魅力的な友だちで、教職についています。私は先生たちにはいつも感嘆しています。世の中に良い影響を与える仕事だなあと思います。

アリョンは、五歳のころから親しくつきあってきた長い友だちの名前です。この人自身にもその名前にもどこか、鈴の鳴る音が聞こえてくるような気持ち良さがあります。ほんのちょっと登場しただけですが、こんど、別のお話でもまた書きたいのです。

ヘミンは、私がデビューしたてでまだ本も出ておらず、短編をやっと一、二編発表したときから応援してくれた女性読者のお名前です。私よりお姉さんで、今はほんとのお姉さんだと思っています。小説の中とはいえ、虫を食べさせてごめんなさい。気にしてないみたいだけど。

ジヨンは、大好きな編集者の先輩のお名前です。大好きと言いつつ悪役にお名前を借りました。いつだったか寒い日に、ホットココアをおごってくれた方です。この冬には私がおごってあげなくてはなりません。

私立学校にありがちな事情については、歴史教師のユ・スンギュンさんにも監修をお願いしました。出版前の校正紙を読んでくださいとお願いするほど近しく思っています。大いにお手数をおかけしました。

そのほか、一文字替えて使わせてもらったお名前もありますが、それについてはここでお話ししません。楽しんで書いたお話です。永遠に書いていられそうな気がしました。いつかまた、続きを書けたら嬉しいです。

二〇一五年十二月
チョン・セラン

訳者解説

保健室の先生を主人公に迎えた時点で、この小説の成功は決まっていたんじゃないかな。翻訳を終えて一息ついて、そう思いました。

本書の原題は『保健教師アン・ウニョン』。日本の「養護教諭」が韓国では「保健教師」と呼ばれるわけですが、この先生たちは、学校内のとても大事な役割を担っています。保健室は、学校にはつきものの「評価」から自由な場所です。一種の避難所であり、空気穴でもあります。

アン・ウニョン先生は見えないものが見える特別な力を持っています。この特殊能力をふるってM高校に潜む邪悪な存在たちを退治していきますが、同時に保健室の先生として、心肺蘇生法の講習や性教育にも熱心に取り組んでいます。いわばシャーマンと先生との兼業です。著者のチョン・セランさんもかつて、編集者と作家の兼業をしており、そのことで悩みが多かったのだとか。そんなときに書いたのが最初の「大好きだよ、ジェリーフィッシュ」で、「当時の私の状態が反映された作品といえるかもしれませんね」と語っていました。この短編を発表したところ、読者から「長編で読みたい」という声援が多く寄せられ、『保健室のアン・ウニョン先生』という本が誕生しました。

ちなみに、「アン・ウニョン」という名前を実際に発音すると「アヌニョン」に近い音になります。また、「知り合いの兄貴」という意味の「アヌン・ヒョン」という言葉も、早めに発音すると「アヌニョン」に近くなり、彼女はそのあだ名で呼ばれています。「アヌン・ヒョン」は、男性が自分より年長の男性の知り合いを呼ぶときの呼称（韓国では血縁でなくとも兄、姉という言葉をよく使います）ですから、アン・ウニョン先生のキャラクターは、日本でいう「男前の彼女」みたいな感じかもしれません。

韓国では保健室の先生が医療行為も行うので、アン・ウニョン先生は生徒に薬を出すこともあり、そこが日本とは違います。日本の養護教諭は、戦後長い年月をかけて、教育者として子どもの心身の育ちを支援していくという独自のスタンスを築いてきました。それに比べ、韓国の保健教師は米国のスクール・ナースに近いかもしれません。ただ、アン・ウニョン先生の生徒たちへのかかわり方を見ると、生徒一人ひとりを見守ろうとする姿勢にさほど違いはないと感じます。

M高校の職場環境は良くありません。目に見えない邪悪な存在のせいなのか、学校をとりまく空気はきわめて不安定で、自殺する生徒が続出するほど。けれども、生徒と先生が一緒にアヒルの赤ちゃんを守ったり、時間を超えてやってきた転校生のために新しい奨学金が作られたり、給食室のおばさんたちとの交流が始まったりもします。「いいことばっかりじゃないけど、悪いことばっかりでもない」という日々。そんな現実の中で、ときにはぼろぼろになりながらも頑張るアン・ウニョン先生を、漢文教師のホン・インピョ先生が助けます。

二人とも、百点満点の性格じゃないところがいいですね。アン・ウニョン先生はちょっと愛想がないし、ホン先生に言わせれば身だしなみも手抜きだし、しょっちゅう悪態をつく癖があります。一方ホン・インピョ先生はけっこう神経質で融通がきかないようですが、アン先生に言わせれば「わかりやすすぎ」、そして空気は読まない。でも、「人には親切にしたいよね」、そして「許せないことは許せない。あたりまえでしょ?」という基本線で二人は一致しています。

ここで、韓国の高校生たちが直面している大学受験について少し説明しておきましょう。

韓国の大学進学率は非常に高いことで世界でも有名です。一時は八割を超えていましたが、今は徐々に落ちてきて七割ぐらいです。韓国では基本的に高校受験がないので（一部の特化された高校にはあります）、大学受験が人生を決める度合いがとても高いといえます。また、ソウルにある大学と地方大学との格差が日本で想像する以上に大きいのも特徴だと思います。何もかもがソウルに一極集中し、地方大学を出ても就職のチャンスが限られているためといわれます。

一度のチャンスなので、子どもたちは小さいときから、はるか先の大学受験を見据えて勉強を開始します。その一例が、「ネイティブ教師マッケンジー」に出てくるソナが、英語幼稚園に行ったうえ、複数の英語塾に通ってきたという話です。韓国では小学校から英語が必修科目ですし、海外への留学も射程に入れて早期教育を受ける子は少なくありません。ソナが感じている疲労は、幼児期から蓄積したものと理解すべきなのでしょう。

幼児のころからずっと続く塾通いは親にとっては大きな経済的負担ですし、さらに、受験システムがしばしば変わることも苦労の種です。実際、受験システムにも、それに対応した受験産業にも込み入った歴史があり、その変化をたどるだけで一つの韓国社会史が書けるほどだと思います。今ここで、そのすべてを説明することはできませんが、一例が、85ページをはじめたびたび登場する「夜間自習」という習慣。原語では「夜間自律学習」といい、夜の十時ごろまで学校に残って勉強することです。学校ではそのために夜の給食を提供し、給食がない学校では生徒がお弁当を二つ持って登校します。この独特の風習は一九八〇年代からあるもので、そもそもは軍事独裁政権の時代に、親の経済力による教育の不平等をなくすという建前により、塾や家庭教師などが一切禁止されたので、それに対抗して高校が夜間自習を行うようになったのが始まりだそうです。

そんな勉強を重ねて迎える大学入試は、大きく分けて「定時募集」と「随時募集」の二つに分けられます。定時募集は、日本のセンター試験に似た学科試験「大学修学能力試験」(修能《スヌン》試験)を用いるもの。そして随時募集は日本のAO入試にも似た推薦入学で、学科試験は行わず、学生生活記録簿(学業成績や生活態度のほか、校内外での活動実績も記載される)、論文、面接、実技などが総合判断されます。そして現在、この随時募集で大学に入る生徒の方が圧倒的に多いのだそうです。二〇一九年の全大学平均で見た場合、全体の八割近くが随時募集、「修能試験」を受ける生徒は残りの二割少しとなっています。

例年、日本のニュースで、毎年十一月に行われる修能試験の模様を「韓国の熾烈《しれつ》な受験戦争風景」などと紹介していますが、あれはむしろ少数派なのですね。八割近くの生徒は、十一月ごろまでには随時募集で進学先が決まっており、その段階でどうしても希望のところに入れなかった生徒が修能試験を受けるのだそうです。「幸運と混乱」に出てくるジヒョンとミヌがそのケースのようで、80ページで「みんな入試モードに突入してるじゃん」とジヒョンが言っているのは修能試験のことです。

また、同じ章でミヌたちが、書類を盗んだりはんこを彫ったりして叱られますが、これは随時募集対策です。ここでは部活動やボランティア活動、科学や英語などの大会での受賞歴、読書実績なども評価の対象となるため、ボランティアをしっかりやって記録に残さなくてはならず、そのために「ボランティア活動認定書」という書類が必要になるのですね。

しかし、ボランティアはまだしも、受賞歴やインターン歴といった「業績」に関しては、経済力や広い人脈を持つ家庭の子が圧倒的に有利なため、随時募集は不公平な入試だという声も盛んに上がっています。そのため現在は、政府によって入試の公正性を強化する対策が検討され、今後、定時募集枠を拡大していくという方針が打ち出されています。

ちなみにチョン・セランさんに伺ったところ、M高校はごく普通のソウル郊外にある私立高校で、ＳＫＹ《スカイ》（ソウル大学、高麗《コリョ》大学、延世《ヨンセ》大学というトップ大学）に入るのは毎年二、三人、それ以外の上位大学に十〜二十人入り、だいたいの子はどこかの大学には入るレベルという設定だそうです。とはいえ、過剰な高学歴化のため、大学を卒業しても半数の人が就職できないという現実が待っているのですが、そんな中で先生も生徒も奮闘しているというのが現状です。

なお、韓国の教育事情については、『韓国 現地からの報告――セウォル号事件から文在寅政権まで』(伊東順子、ちくま新書)という本がとても詳しく解説していますので、興味のある方にお勧めします。

本文内の注釈では説明しきれなかったことをここに説明しておきます。

◆「大好きだよ、ジェリーフィッシュ」の最初に出てくる「補習授業」は、長期の休みに行われるもので、これがあるために実質的な夏休みはとても短いものになってしまいます。また、韓国では梅雨にあたる長雨が八月にやってくるので、うっとうしい雨のシーズンと補習が重なって、生徒たちを重い気持ちにさせています。

◆「幸運と混乱」のジヒョンとのミヌのいたずらの描写は、どちらかというと二〇〇〇年代ごろの高校生活をモデルにしているそうで、最近の高校生は座布団を盗んだり書類を偽造したりはしないようですね、とチョン・セランさんがおっしゃっていました。また、ここに出てくる「伝統飾り結び」とは韓国語で「メドゥプ」といい、「アジアン・ノット」などと総称されることもある手芸です。美しい色の絹糸を組んで組み紐を作り、それを手の指だけで結んで形作っていくもので、韓国の伝統パッチワークとして知られる「ポジャギ」と並ぶ伝統手芸として人気があります。

◆「穏健教師パク・デフン」は、歴史教科書の問題を扱っています。もともと韓国では、保守的な考えを持つ人々が、歴史教科書の記述が偏っていると批判し、議論が絶えなかったのですが、その流れの中で、どの歴史教科書を採択するかをめぐってM高校に波乱が起きるというストーリーです。230ページの「親日派問題」とは、かつて日本の植民地だった時代に日本に大きく協力した人物をどう記述するかという問題。「独裁擁護問題」とは、一九六〇～七〇年代に独裁政治を行うとともに経済成長をなしとげた朴正熙《パクチョンヒ》元大統領の業績をどう評価するかという問題です。二〇一三年に政権の座についた娘の朴槿惠《クネ》元大統領は国定歴史教科書を制定して使わせようとしましたが、実際にそれを使いたいと申請した学校はほとんどなく、また、政権自体が二〇一七年に弾劾されて失脚したため、国定教科書は使用されずに終わりました。

パク先生の夢に出てきた「セピア色の人々」は、一八九六年から、日本の内政干渉に抵抗して戦った抗日義兵たちの有名な写真（カナダのジャーナリストF・A・マッケンジーが撮影、著書『朝鮮の悲劇』〔渡部学訳、平凡社東洋文庫〕に掲載）を想定しているそうです。

◆「突風の中で私たち二人は抱き合ってたね」の257ページで言及される「桃を食べる少年」とは、春秋時代、衛の国で弥子瑕《びしか》という美少年が主君の寵愛を受け、果樹園で遊んだ際、桃の食べかけを主君に差し上げて喜ばれたが、その後主君の愛を失い、桃を献上した罪を問われたという『韓非子』の記述によっています。

　また、龍の背中に見えたロゴを見て「企業専属のシャーマンがここまでやらかすとは」とアン・ウニョン先生が呆れますが、大企業が株式投資に関する決定などに際してシャーマンに力を借りることはたびたびあるそうです。さらに、280ページに出てくる「アウシュヴィッツ・ゴールド」は、収容所でユダヤ人から奪った金を指すそうです。

　制服を飲み込んだまま苦しむ龍の姿は、一部の者（財閥企業）に富が集中し、それによって富の近くにいる人もまた犠牲になることを語っているのでしょう。一方、M高校の創業者の孫であり、次世代の経営を担うホン・インピョ先生の愛すべきキャラクターには、「そういう責任ある地位にいる人ほどちゃんとして、みんなを助けてくれなくちゃ！」という著者の願いがこめられているように思います。

翻訳には、二〇一五年に民音社《ミヌムサ》から刊行された初版を用いました。
韓国では年齢を数え年で表しますが、本書では日本式に満で表記しています。

著者のチョン・セランさんは一九八四年ソウル生まれ。大学で韓国文学と歴史教育学を専攻し、出版社で編集者として働いたあと、二〇一〇年に『ファンタスティック』というファンタジー小説専門誌でデビューしました。二〇一三年には『アンダー、サンダー、テンダー』（吉川凪訳、クオン）で第七回チャンビ長編小説賞を受賞。また、二〇一六年の『フィフティ・ピープル』（拙訳、亜紀書房）で、韓国で最も権威ある文学賞の一つ、韓国日報文学賞も受賞、実力と人気を兼ね備えた信頼される作家となりました。その後も続々と新作を発表するとともに、以前に出したSFやファンタジーの作品にも新たに手を入れて出版しています。

思わず惹き込まれる楽しいストーリーを生み出す名人ですが、その陰には、さまざまな人の話をよく聞く努力があるようです。『保健室のアン・ウニョン先生』でも、著者あとがきを見ると、丹念な取材がベースにあることが想像できます。

この小説の大きな特徴は、子どもたちの悩みと大人たちの悩みの両方が等しく描かれ、先生たちもまた未完成な、成長していく存在である点ではないでしょうか。その中でアン・ウニョン先生が発揮する、邪悪なものをまっすぐに否定するパワーが、チョン・セランさんのすばらしい個性だと思います。

『韓国フェミニズムと私たち』（タバブックス）という本に、「私たちが石膏人形に生まれたとしても」（すんみ訳）というチョン・セランさんのエッセイが収められています。フェミニスト宣言といえる文章ですが、これを読むと、彼女が子どものころから社会のどんな壁に悩み、どう戦ってきたか、そして今も戦っているかがはっきりわかります。アン・ウニョン先生のキャラクターとも重なる部分が多々ありますので、興味のある方はぜひ読んでみてください。そこには、「次の世代が私たちと同じような経験をしなくても済むような社会、そんな社会をつくることはできるはずだと、私は信じている」という力強い言葉がありました。

さて、チョン・セランさんの紹介として、ファンタジー、ホラー、ＳＦ、そしていわゆる「純文学」と、ジャンルを問わず活躍する作家だということがよく言われます。しかし彼女の作品を語るのに「ジャンル」という言葉を用いること自体が無意味でしょう。これからも豊かな想像力で、楽しみながら考えさせられていつまでも忘れられない作品を私たちに贈ってくれることと思います。

今、韓国でも日本でも世界のどこでも、自分たちが直面する不条理を告発する十代の人たちが次々に現れています。アン・ウニョン先生の「配慮がないよね、チッチッ」というつぶやきと、「後から来る者たちはいつだって、ずっと賢いんだ」というパク・デフン先生のつぶやきをいつも肝に銘じていたいと、強く思いました。

なお、『保健室のアン・ウニョン先生』は現在、Netflixでドラマ化が進んでいます。シナリオはチョン・セランさん本人が手がけたとあってとても楽しみです。

編集を担当してくださった斉藤典貴さん、翻訳チェックをしてくださった伊東順子さん、岸川秀実さんに御礼申し上げます。

二〇二〇年一月三十一日
斎藤真理子

著者について　チョン・セラン

1984年ソウル生まれ。編集者として働いた後、
2010年に雑誌『ファンタスティック』に「ドリーム、ドリーム、ドリーム」を発表してデビュー。
13年『アンダー、サンダー、テンダー』(吉川凪訳、クオン)で第7回チャンビ長編小説賞、
17年に『フィフティ・ピープル』(斎藤真理子訳、亜紀書房)で第50回韓国日報文学賞を受賞。
純文学、SF、ファンタジー、ホラーなどジャンルを超えて多彩な作品を発表し、
幅広い世代から愛され続けている。他の小説作品に『地球でハナだけ』『八重歯が見たい』
『屋上で会いましょう』『声を差し上げます』などがある。

訳者について　斎藤真理子　さいとう・まりこ

1960年新潟生まれ。訳書にパク・ミンギュ『カステラ』(ヒョン・ジェフンとの共訳、クレイン)、
チョ・セヒ『こびとが打ち上げた小さなボール』(河出書房新社)、
ファン・ジョンウン『誰でもない』(晶文社)、チョ・ナムジュ『82年生まれ、キム・ジヨン』(筑摩書房)、
ハン・ガン『回復する人間』(白水社)、イ・ギホ『誰にでも親切な教会のお兄さんカン・ミノ』(亜紀書房)
など。『カステラ』で第1回日本翻訳大賞受賞。

〈チョン・セランの本 01〉

保健室のアン・ウニョン先生

著　者　チョン・セラン
訳　者　斎藤真理子

2020年 3月26日　第1版第1刷発行
2020年10月25日　第1版第3刷発行

発行者　株式会社亜紀書房
〒101-0051　東京都千代田区神田神保町1-32
TEL　03-5280-0261(代表)　03-5280-0269(編集)
http://www.akishobo.com/　振替　00100-9-144037

印刷・製本　株式会社トライ　http://www.try-sky.com/

　ISBN 978-4-7505-1636-3　C0097

好評発売中

〈となりの国のものがたり〉

フィフティ・ピープル　チョン・セラン　斎藤真理子訳

痛くて、おかしくて、悲しくて、愛しい。
50人のドラマが、あやとりのように絡まり合う。
韓国文学をリードする若手作家による、めくるめく連作短編小説集。
第50回韓国日報文学賞受賞作。

娘について　キム・ヘジン　古川綾子訳

「普通」の幸せに背を向ける娘にいらだつ「私」。
ありのままの自分を認めてと訴える「娘」と、その「彼女」。
ひりひりするような三人の共同生活に、
やがて、いくつかの事件が起こる。

外は夏　キム・エラン　古川綾子訳

いつのまにか失われた恋人への思い、愛犬との別れ、
消えゆく1000の言語を収めた奇妙な博物館など、
韓国文学のトップランナーが描く、悲しみと喪失の7つの光景。
韓国で20万部突破のベストセラー。

誰にでも親切な教会のお兄さんカン・ミノ
イ・ギホ　斎藤真理子訳

「あるべき正しい姿」と「現実の自分」のはざまで揺れながら生きる
「ふつうの人々」を、ユーモアと限りない愛情とともに描き出す。
韓国文学の旗手による傑作短編集。第49回東仁文学賞受賞作。